亦舒作品

迷迭香

亦舒
- 作品 -
30

CTS
湖南文艺出版社
HUNAN LITERATURE AND ART PUBLISHING HOUSE
博集天卷
CS-BOOKY

迷迭香

目录

迷迭香

壹·

这样复杂的社会，
恐怕连弗洛伊德都始料未及，
为着适应它，现代人当然要采取应变方法。

余芒走进现场，摄影机准备开动，男女演员所站的位置恰到好处，制片、助导、美术指导、编剧通通在场，化妆与服装也在一边听令。

今日这场戏同步录音，余芒刚想叫开始拍摄，忽然之间，所有的工作人员转过身子来，面对着她，同心合意齐齐发出庞大的嘘声。

余芒目瞪口呆，汗珠自额角直冒出来。

她自床上一跃而起。

不止一次做这个梦了。

每一次的感觉却比上一次更可怕。

心理医生方侨生是余芒大学同学，得知这重复的噩梦，便同她说，电影导演这份职业，对她来说，可能压力太大。

余芒问：“我是否会散开崩溃？”

侨生摇摇头：“别担心，但你会一直做这个噩梦，直到噩梦成真，这叫作自履预言。”

“我到这里来是为着寻求帮助，如果我想人踩我，我会去见影评人。”

“余芒，我正在帮助你，工作对你造成巨大压力，你并不喜欢你的职业。”

“胡说，自十六岁起我便立志要当电影导演。”

侨生笑嘻嘻：“会不会是骑虎难下？”

“这已是我的第六部电影。”余芒瞪她一眼。

侨生忽然改变话题：“上星期我在街上碰到令堂，便上前唤声伯母，我说余芒这下子可真算名利双收了，余伯母静了一阵子，才答：‘我情愿她教一份书，安安定定。’”

余芒听仔细这话，骤然受惊，怔在那里，作不得声，细细回味母亲的期望，不禁泪盈于睫。

连侨生都叹口气：“母亲都希望女儿教书，奇怪不奇怪。”

余芒完全气馁。

“算了吧你，我知道有人比你更惨，有人写了一百本小说，已薄有名气，她母亲看到她的原稿，还轻蔑地说：‘你还在写这种东西呀！’她并不希望女儿一朝成为大作家，她情愿她女儿去教小学。”

“你杜撰的。”

“编都编不出来。”

余芒没有勇气回家去问母亲有没有这件事。

当下她有更重要的事做。

赶到公司，制片小林同她说：“导演，这几个地方你必须前往现身说法。”

余芒眼睛露出绝望的神色来。

小林警告：“请勿讨价还价。”

“我的工作是拍摄电影，不是当众表扬我的电影拍得呱呱叫。”

小林指指脑袋：“导演，我跟你五年，这话不管用，你思想搞不通，下列电台电视时间，均由有关人等辛苦大力抢得，你好自为之。”

余芒实在觉得是件苦差："什么年代了，还有老黄卖瓜。"

小林看她一眼，就是因为时代进步，胡乱亮相敷衍一下，也就算做了宣传，无人见怪，换了是旧时，不使尽浑身解数，早就被踢出局。

"小林，我们算不算是江湖卖艺？"

小林吁出一口气："自天桥到今日，不算坏了。"

"拨一个电话去催一催章小姐，故事大纲今日要起出来。"

小林不敢出声。

这章大小姐一直是余芒的编剧。

余芒鉴毛辨色："什么不对？"

"她不干了，说一会儿亲自上来向你辞行，她下个礼拜结婚，到岩里度蜜月，已经把订金退回给我们。"

余芒跌坐下来，一声不响，这一会儿喃喃地自言自语："家母说得对，我的确应该去教书。"

"找别人接手好了，导演，导演。"小林想推醒余芒。

猛一抬头，小林发觉章大编剧已经驾到，便静静退下，让她俩开谈判。

余芒痴痴地看着章某，开不了口，心中如倒翻五味瓶。

章女士讪讪地略觉不好意思，点起一支烟，坐在导演对面："干吗，楼台会呀。"

余芒动都不敢动，怕控制不了自己，错手掐死了名编剧。

"余芒，你听我说，写本子，没意思。这些故事，是你要拍摄的故事，不是我想写的故事。历年来天天写着别人的故事，要多腻就有多腻，干不下去了。再说，影片出来，叫好，是大导演的功力。不好的话，是编剧该死，干吗呢，不如改写小说，一人做事一人当，你说是不是？导演。"

余芒不擅巧辩，气得脖子粗壮。

章某不该浪费大家时间，做到一半，撒手西去。

她说下去："余芒，你不知道我多心寒，前些日子看经典长篇电视剧回放，当年前辈各编剧们你争我夺，拼了老命邀功的一部戏，字幕打出来，编剧竟成为东亚电视公司编剧组，你说，谁还干得下去？呕心沥血，不过是为他人作嫁衣罢了。"

余芒气炸了肺，呼吸不大畅顺起来。

章女士拍了拍她的肩膀："你另外找一个新人，人家急于成名，也许肯卖命。"

然后站起来施施然离开办公室。

半晌，小林出来，见余芒仍呆呆坐着，忍不住说："导演，她走了。"

余芒不出声。

"导演，我认识一个女孩子，刚自大学出来，文笔很畅顺，文思甚秀丽，不如试试她。"

这时候，忽然之间，余芒做了一个她从来没有做过的动作，她娇俏地伸手掩嘴打一个轻轻的哈欠，怪不好意思地解嘲："累死人了，我好像睡了很久。"然后伏在写字台上，双臂枕着下巴，微微笑起来。

小林瞪大眼，吓一跳。

导演在干什么，教戏？又没有演员在场。

这有一个可能，受了刺激，思路不大通顺了。

余芒平常爽朗一如男孩，并无这种女性化动作。

"导演……"小林试探地说，"我去把那女孩叫来你瞧瞧可好。"

只见余芒轻轻转过头来：“好想喝一杯樱桃可乐。”一脸的温柔可爱。

小林骇笑，导演一向不喜欢喝这甜腻的饮品，她一贯只会简单地命令：“一杯黑咖啡。”导演是怎么了。

只见余芒伸一个懒腰：“不急不急，船到桥头自然直，你明天把她请来，大纲给她过目，告诉她，我们不要抄袭的素材，大胆创新不妨。”

小林仍然不放心：“导演，你没有怎么样吧？”

余芒强笑：“只有点累。”

“约会要不要取消？”

“不用，我们照去。”

稍后要拜见下一个新戏的假定男主角。

此刻余芒心中惊恐无比。

怎么会在人前露出倦慵的神色？怎么会身不由己放轻声音讲出不相干的话来？

莫非是精神衰弱意志力失去控制？

她定一定神。

耳畔有个声音：“露斯马利，久违了。”

不得了，余芒脸色大变，自言自语绝对不是好现象。

露斯马利是她自幼用的英文名字，一直到在美国加州念电影时，同学取笑她“你可不像一个露斯马利”才作罢。

忙的时候，连中英文姓名都暂时全部浑忘。

没想到此刻却叫起自己来。

大约连跟她五年的制片小林都不知她叫露斯马利。

高中时一位对她有意思的小男生曾说：“我替你查过字典了，怪有趣的，露斯马利的意译是迷迭香。”

小男生的浅浅情意真正难能可贵。

他把三个字写在一张信纸上，递给了余芒：“喏，迷迭香。”

余芒已忘却他的名字，只记得年轻的时候，自己对世界的触觉出奇地敏锐，吹弹可破，特别痛特别冷特别空灵，此刻多年经营厚厚重重的保护膜隔除一切伤害，却同时亦使她丧失许多灵性。

真正久违了迷迭香。

小林打断她的思潮：“再不出门的话，会迟到。”

到门口叫辆车子，与制片赴会。

小生迟到，来的时候，倒是眼前一亮。

值得吗，余芒问自己，选角比选对象痛苦得多，恋爱失败，天经地义，事业有什么闪失，永难翻身。

余芒怔怔地审视小生英俊的脸。

值得吗，值得花制作费的五分之一来聘用他吗？识字的编剧才拿总制作费的五十分之……

大偏激了，余芒正襟危坐，一张逗大众喜爱的面孔，亦诚属难能可贵，价值连城。

只听得小林客套几句：“你知道我们导演，一向不懂应酬，她呀，只顾着埋头苦干……”

像理亏的家长向老师抱怨子女资质不健全。

小生对公认有才华的余芒亦怀若干好奇心，久闻大名，如雷贯耳，久仰久仰，于是用极具魅力的男中音问：“你是几时想做一个女导演的？”

这并不是一个新鲜的问题，余芒早已得体地回答过多次，但此刻她忽然轻轻地咯咯笑，脸上无限俏皮妩媚，侧着头回答：“当我发觉我不能做男导演的时候。”

此语一出，她自己先怔住，掩住嘴巴，无限错愕，怎么回事，竟打起情骂起俏来。

比她更吃惊的是忠心耿耿的林制片，这下子她肯定导演有毛病，小林后悔忠告余芒接二连三地开戏，好了，此刻导演吃不消，垮了，一班喽啰可怎么办？

转头一看，噫，小生的反应却出奇地好。出名严肃的学院派女导演肯同他耍花枪呢，他完全松弛下来，大家马上成为自己人，凡事有商有量。

他这样说："主戏并不在我身上，女主角才是担戏人，客串酬劳我是不会接受的，一定要算一部戏。"

讨价还价，讲了半天，还没达成协议，小生见邻座有熟人，过去聊几句。

小林乘机问导演："你怎样，非要他不可？"

小林太知道余芒那一丝不苟的疙瘩固执脾气。

余芒点点头。

小生极适合剧中角色：带些公子哥儿习气，但是吃起苦来，又能拿出坚毅本色。

敲定了。

做演员的也有隐忧："导演这次不知要怎样刁难我，做不到那么高的要求，是个压力。”

余芒朝他笑笑，先走一步。

小林问英俊小生：“我们的导演如何？”

评量女性才是他的首本戏，当下他很惋惜地说：“很好看的一个女子，怎么不修边幅？”

小林晓得他的品味未届这个范围。

余芒早退却为赶去方侨生医务所。

她开门见山地对好友说：“我发觉自己做出异常的动作，讲出根本不属于我的言语来。”

侨生凝视她一会儿：“换句话说，你如果不是文艺过度，就是疯了。”

余芒冷冷地说：“我还以为医生仁心仁术，慈悲为怀。”

“不要悲观，怀疑自己不妥的人多半还健全，真正神经错乱的人另有一功，不但不看医生，谁指出他患病，他还说人忌妒中伤他。”噫，这是说谁呀？

余芒忽问：“你在喝什么？”

“对不起，我忘记替你叫黑咖啡。”

但是余芒已经抄起面前的饮品：“这是你那养颜的腻答

答的蜜糖打鸡蛋。”一口饮下，只觉香甜无比，十分受用。

“慢着，导演，你最不喜甜品。”

“我告诉过你，我有点心不由主。”

“你恋爱了？”

“我一直爱电影。”

“呵，那是旧爱，新欢呢？”

“医生，告诉我该怎么办，我的制作叫好与叫座率均有下降趋向，马上要惆怅旧欢如梦。”

“慢着，你要我医你的票房？”

“不，我只想你听我诉苦。”

侨生松口气：“幸亏你思路还清楚。”

“方侨生，在你悬壶济世的八年期间，你有否真正治愈过任何一个病人？”

“立刻停止侮辱我。”

余芒忽然活泼地轻轻拍一下手：“全凭谁先累是不是？病人不死你先死。”笑得前仰后合。

方侨生目不转睛地看着好友，她明白余芒的意思了，这余导演是坐若钟、站若松的一个人物，绝不肯无故失言、失笑、失态。

即使喝醉酒，也不过是一头栽倒，昏睡过去。

侨生不是不欣赏适才余芒表演的小儿女娇憨之态，但那不是余芒，就不是余芒。

精神分裂。

“余芒。”她收敛嬉戏之意，“我要你拨时间一个礼拜来三次彻底治疗。”

余芒颓然：“你终于承认我有病。”

“是几时开始的事？”

“你终于相信我不是无病呻吟了吧。”

“告诉我是多久的事。”

“我不十分肯定，最近这一两个星期，或是三五七天。一点都不好笑的事，我会认为非常有趣，又发觉自己幽默感泛滥，不能抑制。”

“又开始嗜甜？”

“是，医生。”

方侨生抬起头，看着天花板沉思良久。

老友开始爱笑、好玩、轻松、自在，并非坏事。

搞文艺工作，切忌把自己看得太认真。

对工作严肃完全正确，过分重视成败得失却会造成绊脚石。

近年来余芒颇有点天将降大任于斯人那种情结，开始相信影评与票房多过相信自己，形势术妙，无须心理医生，稍微接近的朋友已经看得出来。

性格上些微转变也许对她有帮助。

既然如此，又何必强逼余芒收敛活泼的面。

许多人患双重性格，外表形象同真实个性毫无相似之处，一样生活得很好。

这样复杂的社会，恐怕连弗洛伊德都始料未及，为着适应它，现代人当然要采取应变方法。

没有谁是单纯的人了。

“医生，你为何沉吟推敲良久，可是我已病入膏肓？”

侨生回过神来：“记住，一星期来三次，对你有益。”

“我尽量抽空。”

侨生送余芒到门口。

余芒忽然转过头来：“侨生，你可记得我有英文名字？”

侨生笑："怎么不记得。"

英文书院读到第二年忽然自伦敦来了一位班主任，她对中国女孩姓名发音产生极大困惑，会对同事说："每个人的名字都似一串锁匙掉在地下的声响。"

真的，玲、萍、菁、珍、丽……非常容易混淆，请教过前辈，她在黑板上写了一大堆英文名字，让学生自由选择。

余芒说："你选的是伊利莎白。"

侨生笑："你挑露斯马利。"

余芒说："我已许久没用这个名字。"

"不是见不得光的事。"侨生安慰她。

"但是，最近在思索的时候，我自称露斯马利。"

侨生想了一想："绝对不碍事，那是一个美丽的名字，老余，凡事放松点，名同利、得同失，都不由人控制，不如看开。"

余芒觉得老友有无比的智能，不住颔首，诚心领受教训。正在此时，秘书前来在方医生耳畔说了一番话，方医生顿时脸色都变了，破口便骂："什么，本市心理医疗协会竟敢如此小觑我？余芒，我没有空再与你说下去，我要同这些无耻的愚昧之徒去辩个是非黑白。”

竟把余芒撇在一旁，怒气冲冲进房去骂人。

余芒啼笑皆非，瞧，能医者不自医。

回到家，才淋浴，工作人员已上门来找，幸亏是全女班，披着浴袍便可谈公事。

她与美术指导小刘商量女主角的服饰与发型。

“不，”她说，“不是这样，是这样的，宋庆龄的发式你见过吧。”

余芒顺手取过支铅笔，在图画纸上打起草稿来。

一画出来，连她自己都吓一跳，线条好不流畅，形象逼真。

小刘露出钦佩的样子来：“导演，我竟不知道你有美术修养。”

余芒坐着发呆，对不起，连她都不知道自己有这种天分，幼时上图画班老是不认真，从头到尾不晓得透视为何物，美术老师幽默地取笑余芒的画风尚未文艺复兴，图上角的人物山水房舍像是随时要掉下纸来。

她从来不知道她会画画。

余芒看一看手中的笔，大惑不解。

小刘兴致勃勃："导演，你索性再打几张草稿，待我拿到服装设计小邓那里去，这次质量差了她无从抵赖。"

"你交给小张办。"

小张是副导演。

余芒不是不感慨的，外头人，品性善良点的，笑她这个班底是余门女将，猥琐点的，干脆称之为盘丝洞。

什么地方不对劲呢？一个男性也没有。

年前总算请了武术指导，那人工作能力一等一，待戏拍完了，却出去诉苦在余家班待久了会心理变态。

余芒记得她挺尊重那小子，只是没把他当男生，工作当儿，有什么男女之分？只有职位，哪存在性别？

那年轻的雄性动物大抵就觉得损害了他男性的尊严了。

余芒边思索边唰唰唰地做速写。

小刘不住诧异，最后她说："导演，分镜头亦可以用图画。"

余芒抬起头，真的，一幅图画胜过一万字。

小刘满意地持着画稿离去。

余芒一低头，吓一跳，所有速写右下角，都签着她的名字，露斯马利。

字体向右倾斜。

真奇怪，余芒的英文手迹一向往左倾，胖胖的，同这个签名式有点差距。

她忍不住在白纸上又签了几个名，却完全与上次一模一样。

手风转了。

余芒也不再去细究。

打开衣柜，别的女性会挑衣服，余芒通常只是拿衣服。

没什么好选的，通通是颜色朴素的长裤与外套，又自小学时期就爱上白衬衫，此情历久不渝。

你别说，这样的打扮也有好处，至少看上去舒舒服服，永远不会叫人吓一跳。

但是今天，她迟疑了。

明明放着许多要事待办，余芒却决定出去为衣橱添一点颜色。

不敢大胆尝试色彩也是她的一贯弱点，难道今日可以扭转局势？

她推门进一家时装店，售货员一迎出来就知道她是谁，但只十分含蓄地微笑。

余芒见到架子上挂着一件鲜橘红色钟形大衣，身不由己伸手过去，店员立刻服侍她试穿，并即时赞曰："皮肤白穿这个最好看。"

"配什么衣裳？"

"大胆些，衬玫瑰紫衣裙，斯文些，我们有套乳白的百褶裙。"

不知怎的，余芒一听，心中无比欢喜，她在店中竟消磨了个多小时，与那知情识趣，玲珑剔透的店员研究起色彩来，情不自禁选购了一大堆时装。

余芒只余一点点保留，她问那太会得做生意的店员："这些衣服明年大抵是不能穿了吧？"

那女孩子失笑："明年，谁关心明年，我们活在今天。"

真的，余芒说："全部包起来。"

手提无线电话嘟嘟地响，工作人员怀疑导演失踪。

店员乖巧地说："余小姐，我同你送到府上去。"

"此刻我穿这一套。"余芒指一指最先挑的深玫瑰紫衣裳。

走到街上，她觉得最自然不过，蓝白灰固然十分清雅，颜色世界却最能调剂枯燥心情。

天性疯不起来的文艺工作者生活最最沉闷。

余芒也许无惊人智能，却有过人理智。

她站在马路上等计程车，有一辆白色跑车正停着等人。

余芒一呆，这辆车是谁的，这么眼熟，在什么地方见过？

五十年代圆头圆脑老牌精选式样，在爱车人士眼中，自有不可抗拒的魅力。

余芒本身不开车，拍戏时多数租用十四座位，她对名车亦不感兴趣。

但是这辆车子例外，她对它有极大的不知名亲切感。它到底是谁的车子？余芒皱起眉头细想。

她踏前一步想看清楚号码。

司机是一个年轻人，抬起头来，忽然看到车窗前惊鸿一瞥的玫瑰紫。

他情不自禁，黯然轻呼："露斯马利！"

余芒已经听见，看着他，狐疑地问："我认识你吗？"

那年轻人看清楚余芒的脸，呆半晌，"对，不起，我认错人。"

"我名字的确叫露斯马利。"

年轻人歉意地微笑："多么巧合。"

"慢着！"余芒脑海中忽然浮起一丝记忆，"你姓许。"

年轻人马上答："一点不错。"

"你是许仲开。"

年轻人端正的脸上露出讶异的神情来："阁下是哪一位？"

"你刚刚叫了我的名字。"

"露斯马利？"

"正是在下。"

"但你并非我认识的那个露斯马利。"

余芒只是觉得现今吊膀子的手段越来越新。

"你那位迷迭香姓什么？"

"姓文。"

“呵，我姓余，你刚才为什么叫我？”

那许君呆了半晌，才小小声答：“因你穿的衣服，这是她最喜爱的颜色。”

余芒笑笑。

有些人一辈子都在恋爱，叫人羡慕。

“余小姐，你又怎么会叫得出我的名字呢？”

余芒侧头想了想，一定有人介绍过他俩，在一个酒会，要不就是晚宴，可能是茶会，她认识的人十分杂。

尽管许某看上去完全是个正经人，余芒却不愿再同他继续搭讪。

她翻起大衣领子，朝他笑一笑，见有辆空计程车驶过来，便跑过去拉开门跳上去。

那年轻人急急下车来叫：“我送你好了。”

计程车已经一溜烟驶走。

这个时候一位美貌中年女子唤住了他：“仲开，你在叫谁？”

年轻人回过神来：“啊阿姨，我等你呢。”

美貌女子脸色沉重地上了车。

年轻人犹自怔怔地。

那边厢在计程车中，余芒已在手提电话中被诸位同事抱怨得魂不附体。

制片问：“导演，你从来不迟到，你没有什么意外吧？可需要救驾？”

余芒看看手表，奇怪，才迟了三十分钟，这些人干吗都似开水熨脚，会议正式开始，也不过是喝汽水嚼花生穷聊罢了，讲十万句话也抽不出三句精粹。

余芒在沉思，到底在什么地方见过许仲开？

对外形那么优秀的男生应当印象鲜明才是。

车子驶到目的地她还没有想出来。

余芒隐隐只觉得许君是个非常重要的人物，她似已认识他良久，许仲开是最最熟稔的三个字，但她又矛盾地想不起在什么地方认识他。

回到公司，她且不理众人鼓噪，马上去翻名片记录，但并无许仲开其人。

她唤来小林：“我们可认识一名许仲开君？”

小林记性最好，过目不忘，马上摇头：“无此人。”

明明是第一次接触这个姓名，却又像有多年相识历史，感觉好不诡异。

“这许某是哪一个道上的？”小林问。

“我不知道。”余芒怔怔地。

小林吸进一口气，从来不迟到，见人迟到就骂的导演已经迟到三刻钟，一出现，居然穿着玫瑰紫的时装，慌乱地追究一个男人的下落。

小林噤若寒蝉，同小刘小张她们使一个眼色，大家静下来。

只见余芒神色凝重，思想不知飞到哪一角哪一处去，神情略见凄惶，配着那件紫色衣裳，感觉上居然带着一分艳。

众女这才蓦然发觉，噫，原来她们的领导人是一个标致的妙龄女郎。

小林见时间差不多，大声咳嗽，余芒这才抬起眼：“我们说到哪里？”

那日的会议，改由小林主持。

故事大纲经过修改，由新笔撰写初稿，那姓薛的女孩子非常年轻，有双慧黠的眼睛，她说：“故事是导演的自传吧。”

这一件事大家都心知肚明，一经小薛点破，便留意余芒的表情。

不擅应对的余芒这次却没有涨红面孔结结巴巴，只见她双目闪一闪，失笑，得体地说：“故事本身如有魅力，是谁的故事都一样。”

小林肃然起敬，可以了，导演终于有资格出庭演说，广做宣传了。

且莫管余芒有没有变，变了多少，反正对整体有益，便是好的转变。

余芒笑起来：“散会吧，这回我也累了。”

交代一两句，她离座而去。

小薛立刻说：“闻名不如目见，没想到余大导是如此娇滴滴的人物。”

几个旧工作人员面面相觑，人家的观察一点不错，根据适才余芒表现，得此结论，诚属中肯，她们无法向新同事解释，导演一个月之前，还不是这样的。

余芒并没有她说的那么累。

她先找到方侨生医生。

“侨生，劳驾你，有几个地方我想你陪我走一趟。”

方医生正忙：“导演，看外景有制片布景师陪你。”好不容易等到倔强刚健的本市市民精神困扰，有较多生意上门，方医生非常不愿意浪费宝贵时间。

“不，与影片无关。”

“私人的事最好找一位对你有兴趣的异性朋友帮忙。”

余芒笑：“放心，自出门起计，每小时付你酬金。”

方侨生勉强地取消若干约会，驾着小房车陪余芒出门。

她见余芒用手托着头，便笑说：“我不怪你，顶着一个这样的名字，非得光芒四射，或是锋芒毕露，已经够头痛。”

余芒不介意老友调侃，说道：“首先，我们要去香岛道三号。”

方医生一怔：“看房子？”笑：“你终于发了财了。”

余芒正不知道该怎么样向方侨生解释才好，她对这个地址非常熟悉，但同时又肯定从来没有去过。

她踌躇地问方医生："侨生，我们可认得什么人住在香岛道三号？"

她的好友看她一眼："有钱人。"

车子往海洋的另一边兜过去，一路上风景如画，余芒却仍然重眉深锁。

打一个简单的譬喻，如果她是一台电脑，那么，她脑海中忽然多出许多不知几时输入的资料。

这些资料突然浮现，杂乱无章，不知要领她前往何处。

香岛道三号这个地址是其中一项讯息。

"到了。"

方侨生把车子停好，伸手一指，余芒看到一列小小的背山面海半独立小洋房，三号是其中一间。

余芒摇摇头，她肯定从未到此一游。

"似曾相识？"侨生问。

余芒答："可是我清楚里边的陈设。"

楼下是会客室及书房，大客厅反而在二楼，三楼是睡房，天台上种着无数盆栽，其中不乏奇花异卉。

"我好像在这里住过一辈子。"

方侨生沉默一会儿："余芒，我一辈子都认识你，我可以告诉你，你从来没有住过香岛道三号。"

余芒犹自怔怔地看着三楼其中一个窗口。

方侨生开始担心余芒的精神状况："老友，你会不会是工作过劳？"

余芒却说："我们走吧，去巴黎路一家小咖啡店。"

侨生误会她要去喝咖啡，可是仍不放心："余芒，不如出去旅行，什么都不做，真正松弛一下。"

余芒笑，拍拍医生的手背："你放心，我不会刻薄自己，坦白地说，这些年来，我对工作的态度，一贯是先娱己，后娱人。"

"这就不对了，所以票房纪录下降。"

余芒发觉方侨生是个庸医，一边叫她放松，一边又督促她用功，忽而左忽而右，迟早医死人。

抵达巴黎路，余芒与方侨生齐齐怔住，她们两个人这才发觉整日忙忙忙，原来错过这样好风景。

车子停下来的时候已经是黄昏，天边云霞一层一层自橘黄演变到浅紫色，路堤下是雪白的浅滩，孩子们正嬉戏，并不怕冷，赤足追赶跑。

咖啡座一半露天，蓝白二色太阳伞下坐着三三两两客人，无比悠闲，轻轻谈笑。

侨生惊叹：“天，看我损失了什么，我太不懂得享受了。”

余芒也说：“有空一定要常常来。”

“娱乐界的人这样不会娱乐，真是少有。”侨生笑。

她俩在堤边坐下。

“谁带你来的？”侨生好奇地问。

“没有人。”余芒无助地看看好友。

这个地址悠悠然如迷人花香一般钻进她的思维，牵牵绊绊，缈缈不散，同香岛道三号一样，迫使她来看个究竟。

余芒没有失望。

侨生笑说：“这是个写生的好地方。”

余芒的心一动，可是一时间又想不到这句话的关键性，只得暂时搁下。

一辆风帆渐渐驶近，穿着橡皮紧身衣的少女跳下水，一路奔上沙滩，水花四溅，她的男伴紧紧追在她身后，两人哈哈哈笑起来，终于，她让他追到她。

侨生看着人家晒成金棕色的美腿，喃喃道："我回去就更改诊症时间，一天听病人呻吟抱怨八小时实在太过分。"

余芒笑说："每个人的成就感不一样，我不介意工作。"

一个白衣侍者过来招呼她们。

余芒顺口说："老徐，给我一杯爱尔兰咖啡，加多一匙糖。"口气似熟得不能再熟的老客人。

那老徐一怔，可别得罪客人才好，欠着身子含糊地敷衍着退下。

老徐，余芒跳起来："我怎么会知道他叫老徐？"

侨生转过头来："你说什么？"

"没什么，没什么。"余芒摆着手。

"近日来你吃得太甜了。"

"你又不是食物营养专家，算了吧。"

那一对在沙滩上奔跑的年轻男女走到她们附近坐下。

女郎用干毛巾擦着纠缠不清的长鬈发，伸出玉腿，搁在男伴膝上，小小脚趾上搽着鲜红色蔻丹，艳丽逼人。

余芒很佩服女郎的成就，但并不羡慕，这不是余芒的道路。

余芒一向喜欢观察事与人，她转过头去，打量那位男生，她有兴趣知道他长相如何，看看是什么吸引了小尤物。

他似是混血儿，而且要多谢父母亲把最好的因子给了他：漆黑头发、高鼻梁、一双会笑的眼睛、强壮身段，正肆无忌惮地伸出手去搔女友的脚底心。

只听得侨生问："你这样玩过没有？"

在片场里，没有人同导演玩。

"等一等，"余芒说，"我认得这个人。"

"算了，他并非你懂得应付的那类型。"

"他的名字叫……"余芒苦苦思索。

"叫什么？"侨生笑吟吟问。

"一时想不起来。"

暮色渐渐合拢，天色转为灰紫，年轻情侣肩并肩离去。

那个俊男的名字已在喉咙边，但是偏偏越急越想不起来。

"来。"余芒拉起医生，"我们走吧。"

"我想多坐一会儿。"

余芒忽然之间非常非常温柔地对女友说："笨人，坐到天黑，好景不再，又有什么味道？趁着身后有路，好思回头了。”

侨生愕然抬起头来，暮色中只见余芒微微笑，神情慧黠可爱，与平日只晓得死板往前冲的余大导判若两人，这余芒敢情是开了窍了。

两人走到停车场，余芒忽然说：“让我来开这辆车。”

侨生失笑：“油门与离合器在哪里你都不晓得呢。”

余芒答：“真的，我没有驾驶执照。”

“乖乖地在另一边上车吧。”

“让我试一试，求求你。”

“余芒，香岛道另一边是悬崖，你怎么办？”

余芒心中有一股冲动，她非要坐到驾驶位上去不可。

“我只在停车场兜一个圈子。”

侨生把车匙给她，倒是不怕她闯祸，要发动一辆车子，得经过好几项手续，侨生看扁余芒办不到。

谁知余芒一坐上司机位，整个人似脱胎换骨，动作灵敏轻巧，一下子发动引擎，并且对侨生说：“机器转数不对了，要拿去检查。”

侨生张大嘴，她一定是偷偷学过车，今日好大展身手。

余芒推进排档，车子呼一下转弯驶入大路。

侨生急道：“喂，你答应我只在停车场绕圈子的。”

余芒才不理侨生，专注地加速，车子渐渐疾驶，如一支箭似射向公路。

侨生错愕多过惊恐，因为余芒这手车开得实在太过曼妙，快车太容易，谁不会踩油门，不怕危险即可，但快得稳，收放自如，逢车过车，不造成任何人不安，就不简单。

余芒几时学会开这样的车？

不消一刻侨生便明白了，余芒渐渐追近一辆红色意大利跑车，车上男女，正是刚才在沙滩上见过的那对情侣。

两辆车子速度不能比，偏偏余芒一定要逼过去。

侨生警告她：“小姐，请你控制你自己。”

余芒像迷失本性似的不顾一切追贴，两车在公路上并排疾驶。

红色跑车司机亦无限惊讶，转过头来看她。

这时，余芒记起他的名字来，忽然如失心疯似的大声呐喊："于世保，你胆敢开我的车来接载其他女人！"

一言方出，连余芒自己都吓一大跳，一失措，车子便慢下来落后。

那辆红车的司机遭余芒大声吆喝，吃惊过甚，直往避车弯铲过去，刹车，停住。

他女伴吓得脸色发白。"于世保，那是谁？"她尖声问。

于世保一额冷汗："我这就掉头去看个清楚。"

他硬是在双黄线不准转弯的地方掉头，引得对面整列车响号抗议。

这时候，侨生已经不顾一切把余芒推到一旁，自己坐上驾驶位，厉声问："那是你的车？你的爱人叫于世保？余芒，你明天就到我诊所来，我要你接受镇静治疗，你的病情比我想象中严重一百倍不止。"

余芒用手抱着头不语。

"余芒，你不帮助自己，别人很难帮你，你怎么会病成这样，我好痛心。"

正在慷慨陈词，一抬头，看见那辆红色跑车打回头停在她们前面，那个叫于世保的人下车向她们走近。

“我的天！”侨生害怕，“人家不放过我们，怎么办，怎么办？”

只听得余芒镇定地说：“让我来讲话。”

那于世保走到车旁，打量她们两人，过半晌说：“我们认识吗？”

方侨生吁出一口气，看样子他只不过风流一点，并非流氓：“是的，于先生，我们是陌生人，我的朋友一时兴起，与你开了个玩笑，对不起。”

“可是，你怎么晓得我叫于世保？”

这时，余芒忽然冷冷地说：“于家少爷的大名，出来走走的人谁不知道。”

于世保觉得这句话听了很受用，他一向自命不凡，最要紧在异性面前讲风度，这两位女士虽非国色天香，但脸容十分精致秀气，他不会对她们无礼。

不过还有一个问题非问不可：“你为什么说车子是你的？”

余芒看着他：“因为我知道它不属于你。”

那于世保停了一停：“你说得很对，但是……”

那边他的女伴见他俯着身子与另外两位妙龄女子说个没完没了，心中有气，使劲响车号催他。

于世保无奈地耸耸肩，抬起头，发觉驾驶位侧那名女郎正揶揄地笑他，那抿得很俏的嘴角像煞了一个人，他一震。

看仔细她的面孔，小于恍然大悟，不禁放下心来："我知道你是谁，我看过你的照片，你是一位导演，你姓……你姓徐。"

侨生既好气又好笑："错。"

"那么，你姓佘。"

他的女朋友快把喇叭按得爆炸，这个时候，有辆警车经过，见此情形，慢驶停下。

法律就是法律，于世保乖乖走回自己车子去。

侨生接着也立刻把车子驶走。

她叮嘱余芒："明天，在我诊所见。"

这是心理医生的特权，他们问长问短，揭人私隐，是尽忠职守，还收取昂贵费用。普通人敢这样，一定被亲友用扫帚扫走。

回到家中，余芒出奇地疲倦。

她真怕方医生问她如何认识于世保。

讲给医生听，医生也不会明白，余芒从来没见过于世保，正等于余芒从未学过开车一样。

余芒坐下来，苦苦思索，怎么样描绘这个奇突的情况呢，简直像有另外一个人在暗地里指挥她的言行举止。

想到这里，余芒一愣，用手护住脖子，这倒是一个具体的说法。

余芒不爱颜色，余芒不喜言笑，余芒古板，余芒不贪玩，余芒没有异性伴侣，另外一个人，与她恰恰相反。

照心理学家方医生的说法，那另外一个人，其实就是余芒本人的另一面，她患性格分裂症，长年渴望做个多姿多彩的人，所以那一面终于像杰克医生的海德先生般浮露出来。

这是最健康的说法。

但又怎么解释那些骤然出现的人名与地址。

余芒累极入睡。

小林制片第二天一早来接她。

问她看过剧本初稿没有。

余芒摇摇头，小林欲言还休。

余芒答应尽快看。

她们跑两个电台的现场节目，回答千篇一律的问题，搜索刮肠，寻找话题做宣传，为求群众知道，她有一件作品，即将排期按场次出售，在两个星期内如果卖得不理想，可能下次就不会有机会再玩。

自录音间走出来，小林赞她比去年做得好，但“仍然似不大相信宣传这回事似的”。

余芒的确觉得诙谐，观众没评分，她自己先上场吹嘘起来，这同口口声声自称美人有什么分别。

小林跟她那么久了，自然知道她在想什么，便低声劝：“同行都那么做，你我岂能免俗。”

余芒只是觉没趣，低着头讪笑。

“晚上我们上电视，有无新绰头[1]？”

“有。”

---

[1] 绰头：同噱头。

小林兴奋："说来听听。"

"比武招亲。"

"啐。"

"小林，青山白水，就此别过，今晚在电视台再见，你先去逮住男女两位主角，跪下来求他们帮忙吹牛。"

小林一声得令去了。

余芒正等车，忽然一辆红车轻轻滑至。

她怔住，他找到她了。

司机探头出来笑，雪白牙齿，双眼闪闪生光，套句文艺小说的陈腔滥调，他给余芒一种狼的感觉。

谁会是他今次的猎物?

我？余芒看看自己，有资格吗？这种狼人眼光极高，才不会胡乱捕杀无辜。

于世保伸手出来，递上一大蓬紫色的鸢尾兰。

"你怎么知道我在这里？"

"我在汽车无线电里听到你的声音。"

"你没有工作吗，随时走得开？"

于世保被她的天真作弄得啼笑皆非："上车来吧。"

“我有事。”

“你总得吃中饭。”

这是一匹狼。

“你还可以趁这个机会告诉我，一个导演平日做些什么。”于世保似对她有无限兴趣。

余芒本欲一笑置之，走开算数，但近日来她的风骚不受控制，她听见自己笑笑答：“若是男导演呢，当然是天天设法迷惑女主角。”

于世保啊一声，佯装吃惊：“那么……”他掩住嘴：“女导演呢？”

“这是我们行业最黑暗的秘密，你不是以为我会这样轻易告诉你吧。”

“我愿意付出代价。”于世保来不及地保证。

“世保。”余芒忽然亲昵地叫他，“你怎么老是换人不换对白。”

于世保一怔，冲口而出：“你知道吗，你像足了一个人。”

一辆空车驶过来，余芒朝他摆摆手，自顾自上车。

计程车司机在十分钟后对余芒说：“小姐，有辆红色跑车一路尾随我们。”

余芒正在看剧本，随口答：“同路而已。”

到了家，余芒下车，他也下车，并不走过来，只是靠在车身上看着她笑。

余芒暗暗摇头，有些人这样就可以过一天。

她向他招手。

于世保用手指一指鼻子，“我？”他问，大惑不解地朝身后看看，肯定没有他人，才受宠若惊地走近。

余芒忍不住笑着对他说：“这里有不少老邻居，你这样做将会变成话柄。”

“真的，”他忙不迭顿足，“我们得忖度一个解决的方法。”

余芒沉闷的独身生活几时出现过这样精彩的人物，她无法讨厌他，因而说：“七点钟你如果有空，再来接我。”

他看看腕表：“你要一口气工作七小时？我不相信。”

“七十小时都试过。”余芒微微笑。

“一言为定，我稍后再来。”

他把车子驶走，余芒捧着鸢尾兰进公寓大堂，小薛已在等她。

已经到了有一会儿了，刚才那幕一定看得很清楚，自己人也不必客套得视而不见，小薛惊叹说：“那人同我们剧本中的角色起码有七分相似。”

“可是在故事里，他是歹角。”

小薛笑，那样的人，在现实生活里，也未曾冒充过好人，导演不会看不出来吧。

余芒看她一眼：“你是个鬼灵精，通常人一聪明，精神就不太集中。”

小薛辩白：“写稿原是很累的一件事。”

“你要慑住人家的精神，当然累，不然的话，大家不痛不痒，有什么意思。”

“对。”小薛为这个理论肃然起敬。

“不是我们吃掉观众，就是观众吃掉我们，他们付出不过是一票之价，我们却是付出全部心血，所以非要把他们干掉不可。”

来了，这样的导演才不叫小薛失望，她兴奋起来：“对，讲得对。”

余芒笑起来：“一洒狗血就合你脾胃？坐下来吧，从第一场开始。”

小薛涨红面孔，乖乖信服。

本来她对余芒的印象分已经大减，数日来只觉导演精神涣散，恰才在门口，又见她与俊男打情骂俏，正在疑心她是否浪得虚名，原来果然收放自如，公私分明。

“第一部：寂寞的童年。”余芒完全知道她要的是什么，很少如此得心应手，“女主角父母一早离异，各走各路，把她扔在一间屋子里独自长大。”

小薛插嘴说：“其实我向往这种童年，将来有说不尽的浪漫话题。”

“不，”余芒冲口而出，“你无法想象其中凄惶。”

“导演你夫子自道？”小薛忍不住讶异地问。

余芒停一停神，不知为何有那样的切肤之痛，她回答：“我与妹妹一起长大，童年相当幸福。”

“那么这是谁？”小薛指一指剧本。

余芒过半晌答：“剧中人，女主角。”

顺手取过一本速记簿，用简单的线条画出女童的睡房，陈设简单，斜斜的窗口可幸在冬天会接收到一线阳光，那是她多年唯一得到的温暖。

小薛说：“很具体，对我有帮助。”

余芒放下笔：“不要太沉醉在她的孤寂中，那并非弥足珍贵的经验，以后的发展要迅速，不可被情节耽搁，切勿一件事拖老久，宜快快解决，一用即弃，另创新招，最忌靠一个悬疑写十万字。”

小薛吁出一口气，她自问完全没有能力做得到，倒也不愁，过半晌说：“还嫌戏票贵，没有道理。”

“我们小憩。”

小薛喝着啤酒说：“听说在这圈子找不到对象。”

“谁说的？”

小薛笑笑。

“再说，谁有时间心思担心那个。”

“我！”小薛勇敢地说，“工作才不是我的道路真理生命。”

“你敢讽刺导演。”余芒说，“小憩完毕，第二场。”

小薛怪叫起来。

余芒说：“第二部：自一个男人身边走到另一个，像试酒一样，姿态投入，从不陶醉，很年轻已经很沧桑。”声音渐渐落寞。

编剧人被她神情吸引，一定有亲身体验吧，绝非闭门造车。

这时候电话铃响起来。

小薛遇到救星，伏在桌上偷偷笑。

“谁？”

“于世保。”

“现在才三时半。”

“下午茶时间，我愿意送点心上来。”

“你自何处寻得我的号码？它并不在电话簿上。”

“我也有电影界的朋友。”

“我正忙。”

“你还没有回答我，你怎么知道车子不属于我。”

余芒沉默，她也没有答案。

嘴里却花哨地说：“关于你的事，我还知道很多很多。”

她的编剧吓一跳，导演有双重性格，真的是工作时工作，游戏时游戏。

于世保忽然觉得耳朵微微发麻，似被谁的无形玉手轻轻扭了一下，没想到经验丰富的他尚会有如此新鲜的感觉，耳垂渐渐痒起来，他只得轻轻地说：“我愿意听你一件一件告诉我。”

“什么？”余芒诧异地问，“你想听你自己的故事？”

“自你嘴里说出来，在所不计。”

余芒忽然醒觉，同这个小子已经胡调太久，她看一看电话筒，只觉不可思议，连忙挂线。

她回座位上，咳一声：“刚才说到……”

轮到门铃响了。

小薛马上转过头去，等看好戏。

门外站的却是大制片小林。

小薛好不失望：“怎么是你？”

小林白她一眼。

余芒说：“不要理她，她心如鹿撞，在等待果陀。”

小林接上去：“很久没听说这个人了。”

余芒叹口气：“不流行他了，我们切莫为文化的包袱所累。”

谁晓得小林咕咕地笑起来："你放心，我只等待印第安纳钟斯博士。"

新一代通通没有心肝。

小薛说："我知道背这种包袱的人，每做一事，必为自己解释，来来去去，是不甘堕落，痛苦得不得了。"

小林也笑："还有，他们一想到从俗，便有人尽可夫的感觉，我真想拍拍他们肩膀：老兄，别担心，不见得迎风一站，就客似云来，舞女还有坐冷板凳的呢。"笑得前仰后合。

余芒不过比她们大三两岁，感觉上犹如隔着一个鸿沟。

"导演就有许多事不肯做，不敢做，做不出来。"

余芒看着她的制片，冷冷道："你倒说说看。"

"譬如讲，今天晚上，穿件比较凉快的晚装去电视台亮相。"

这是余芒的包袱，扔下谈何容易。

余芒问："你带来的这两盒是点心吧？"

"楼下有一位于世保先生说是你嘱他买的。"

小薛拍手："呵，是他。"

小林问："他是谁，好一位俊男。"

余芒想一想，这样形容他："老朋友。"感觉上真像老朋友，接着责备手下："什么年代了，还在乎一张漂亮的面孔。"

小林与小薛齐齐奇问："为什么不？"

这也是包袱：富家弟子一定纨绔，漂亮的男人必然浮夸，美丽女子缺乏脑袋，流行小说失之浅薄，金钱并非万能……

真的，为什么要针对一张英俊的面孔，看上去那么赏心悦目，为什么要特地抗拒。

此刻余芒心中所指，倒不是于世保。

是她另外一个老朋友许仲开君。

小林的目光落在桌子上一帧帧速写上："呵，多好，都是分镜图，小薛，好功夫。"

"是导演的杰作。"小薛未敢掠美。

小林不住颔首，这几天怪事特别多，她已经不打算追究，导演若果忽然吹奏起色士风[1]来，或以法文改写剧本，她都不再奇怪。

每当新片上映，每个导演都会略略行为失常，见怪不怪。

最要紧是让她有足够的休息。

余芒吩咐："我们明天继续，小薛，你回家先把头两场写出来看看。"

小薛说："我希望今晚梦见生花妙笔。"

余芒笑："城里数千撰稿人，秃笔都不够分配，来，我送你一盒蟠桃儿走珠笔。"

小林偕小薛离去。

余芒看着剧本的大纲发呆。

最初坚持要写这个故事，也是因为有强烈感应，情节雏形渐渐显露，似有不可抗拒的呼召，使余芒非常想做这个剧本。

且不管有无生意眼，余芒已决定把浪荡女的故事写出

---

[1] 色士风：同萨克斯风。

来再说。

是从那个时候开始的吧，她感应了剧中人的性格脾气举止谈吐。

到最后，走火入魔，她余芒就化身为女主角，想到这里，她几乎有点向往。

迷迭香

贰·

虚怀若谷在今时今日并不是行得通的美德，
能有多少人会得欣赏到余芒的含蓄。

有电话进来，余芒觉得可能是于世保。

没想到这第六感并非万试万灵。

那边一个娇滴滴的女声怪声怪气地说：“这么快便找到替身，真不容易。”

余芒当然知道这是谁，不甘杀弱，立刻说：“章大编剧，你既不屑写，快去退休结婚，你管谁接你的棒。”

“成吗？”她声势汹汹，“街上随便拉来一人便可代替我的地位？”

余芒说：“您老不肯做，总不能不给别人做。”

章氏的声线忽然转得低低，这人，不去做播音员简直浪费人才，忽怒忽喜，天底下干文艺工作的人大概都有异于常人，只听得她对余芒说：“我有讲过我不写吗？”

“我有一打以上的证人。”

“我没说过，你听错。”

“章某，我没有时间同你瞎缠。”

“慢着，现在我对你的本子又另外有了新的兴趣。”

余芒怔住。

老实说，一剧之本乃戏之灵魂，当然由相熟老拍档做来事半功倍。

余芒的心思动摇，受不起这诱惑。

“怎么样？”对方得意扬扬，胜券在握，“告诉那个人，叫她走，先回家练练描红簿未迟。”

余芒内心交战。

那边已经吃定了她：“明天上午十一点我上你那里来，老规矩。”

“慢着。”

对方懒洋洋：“不准迟到是不是，好好好。”

“不，我们不需要你了。”

不能一辈子受此人威胁，迟早都要起用新人，不如就现在。

“什么？”对方如听到晴天霹雳，“姓余的，你再讲一次。”

余芒心中无比轻松：“我已答应人家，不便出尔反尔，下次我们再找机会合作吧。”

“喂，喂！”

“我有事要即时外出，失陪。”余芒搁下电话。

奇怪，毫无犯罪感，她终于学会了说不。

从前她是不敢的，老是结结巴巴，唯唯诺诺，怕不好意思，一个黑锅传来传去传到她处便不再易手，吃亏得不得了。

今天有再世为人的感觉。

老章并没有放过她，电话一直拨过来。

不能接，不晓得有多少难听的话要强迫她听。

得罪这个人，可得紫心英勇奖。

余芒索性把无线电话也关掉，一个人斟出咖啡，坐着清清静静地补充剧本初稿上的不足之处。

傍晚，不知怎的，余芒开始盼望于世保来接。

只有在很少女很少女的时候，试过有这种享受。那羞涩的男孩带着用零用钱买的小盒糖果怯生生上门来，因为诚意太过浓醇，那糖的香甜直留在心底直到今天。

如今这些小男孩不晓得流落在何方。

余芒伏在功课上深深叹息。

门铃响，噫，快快重温旧梦吧。

余芒才打开门，已经有一只大力的手使劲把她推开，余芒往后退一步，停睛一看，来人却是章大编剧，她特地登门来骂人不稀奇也不算第一趟，但她身后却跟着于世保，两人不晓得怎的碰在一起。

于世保见一个女人出手动另外一个女人，立刻联想到争风喝醋，马上认为是勇救美人的好机会，于是一个箭步挡在余芒面前，同那陌生女士说："喂喂喂，不要动粗，有话好说，这是我的女朋友。"

章女士不知他是什么地方来的野男人，倒是有点顾忌，不敢入屋，只是远远地骂："你甩掉我？没有那么容易，我要全天下知道你的德行。"

说罢，扬一扬披风，很神气地离去。

于世保听过这话，意外得傻了眼，原本以为是两女一男的事，现在好像变成两个女人的畸恋。

他朝余芒看去。

余芒却好整以暇，轻轻笑着调侃道：“我同你说过，女导演生活中有无限神秘人神秘事。”

“刚才那位女士，呃，同我一部电梯上来，原来也是找你，怎么个说法，你甩掉她？”

余芒若无其事地答：“不要她了，换了个新人。”

于世保终于碰到了克星，他结结巴巴地问：“也是女孩子？”

余芒答：“我从来不同男生拍档。”

于世保完全误会了，酒不迷人人自迷，他为余芒的奇言怪行倾倒。

接着余芒问：“是不是接我出去玩？”

于世保的头有点晕眩，在他的字典里，还是第一次出现他认为是难以应付的女子。

大挑战。

“好，”他说，“跟我来，今天是我妹妹生日，我们一向随和，欢迎朋友参加，但求热闹。”

余芒决定暂时放下剧情及剧中人。

宴会在户外举行。

也许经过约定，也许没有，年轻的客人通通穿着彩色便服，恣意地取香槟喝，躺在绳网里或草地上说笑听音乐，丰盛的食物就在长桌上。

蔚蓝的天空外是碧绿的海水，令余芒想到某年暑假的希腊。

余芒禁不住喃喃责怪自己笨，为着打天下，闯名头，竟忘记抬起头来看这样的好风景。

于世保的功劳在叫她好好开了眼界。

“世保，我此刻明白你为什么整天净想着玩玩玩了。”

于世保正站在她身边，凝视她半晌才说：“有时候，你的神情，真像煞了一个人。”

余芒听见这样的陈腔滥调，忍不住说：“我知道，你的小学训导主任。”

连于世保都茫然：“我该拿你怎么办？”

这时迎面走来一位艳丽的青春女，长发披肩，一件鲜红紧身衣如第二层皮肤般，非常洋派地搂着于世保吻一下脸颊。

于世保说："这是我……"

余芒忽然接上去："于世真，世真是你妹妹。"

世保一怔，世真却笑了："世保亦多次提起你，他说他为你着迷。"她好心地警告余芒："不过通天下叫世保着迷的人与事多着呢。"

可见英雄之见略相同，余芒畅快地笑起来。

世保十分尴尬，可只要是新鲜的感觉，他便来者不拒，年轻的男子便是这点怪。

他把余芒拉到一角跳舞。

草地白色檐篷下有一组爵士乐队，正在演奏二十世纪三四十年代怨曲，于世保不知几时已经脱下外衣，身上只剩一件极薄的白衬衫，贴在他身上，美好身形表露无遗，比起世真，世保只有更加性感。

余芒叹道："到了这里，真是一点野心都没有了。"

"谁说的。"

"噫，你还想怎么样？"

"我想向你证明，异性有异性的好处。"

余芒看着表，笑道："不幸我的时间到了。"

"我去取车送你。"

"劳驾。"

于世保似有第六感，不放心地叮嘱余芒："有人向你搭讪的话，不要理他。"

"你不是说，异性有异性的好处吗？"余芒笑。

于世保瞪她一眼，走开了。

天黑下来，派对气氛却越发热闹。

余芒微笑着打量这一帮不知天高地厚的年轻人，那种似曾相识的感觉又悄悄爬上心头，她竟逐一叫出他们的名字。

世真身边是赵家的一对孪生姐妹咪咪与蒂蒂，她们同在角落笑得前仰后合的周氏兄妹约翰及伊利莎白不和，但是人人都晓得她们对那边厢的巫阿伯拉罕与张却尔斯有过亲热的关系。

余芒呆呆地站着一个个地辨认，忽然之间，她看到一张熟悉的面孔，这张脸她的的确确在现实世界看见过。

他也看见她了，两人几乎在同时间迈向前走向对方。

“许仲开，你怎么在这里？”她大喜过望，心中生出极其亲昵的感觉，她几乎想握住他的手，几经压抑才控制住自己。

许仲开看着她：“现在我知道你是谁了。”

“我叫余芒。”

“你认识世真？”

“我是世保的朋友。”

许仲开一怔，斯文的他不想让于世保无缝不入。

“很明显，”余芒笑道，“你也认识他们兄妹？”

“我们还是亲戚呢。”不知是幸还是不幸。

这时于世保的车子在远处响号催她。

“我有事先走一步。”

许仲开似还有话要说，余芒觉得应该给他多一点时间多一点机会，于世保会自助，但许仲开就需要鼓励。

她抬起头看着他。

这样明显地等他。

许仲开终于开口了，声音低低的，说着不相干的话：“自幼父母都教我，不要同别人争。”

余芒一时没有听懂，但她小心地聆听。

“我一直认为那是应该的，世界那么大，与其争夺，不如开拓。”

这同他们有什么关系？

“我错了，”许仲开语气有点沉痛，“从现在开始，我会全力争取。”

说得非常含蓄，但是余芒却渐渐会过意来，许仲开的意思是，这一次，他不会再让别人得到他喜欢的人与事。

“我明天找你。”他终于补充一句。

“下午我有空。”

许仲开笑一笑走开，稍微忧郁的气质叫余芒向往。

路上于世保一直问：“老许同你说什么，他毛遂自荐还是怎么的？这人，皮倒是练得厚了，任意兜搭他人女友。”

余芒向于世保笑笑，没有做任何俏皮的回应。

她有种感觉，在不久之前，这一动一静两位小生，曾经因某种原因，纠缠过一段日子。

为着谁？她很快便会知道。

于世保说：“算起来，我们还是亲戚，我叫他母亲表姨。”

那么，他们是表兄弟。

快到目的地，余芒说：“我在这里下车好了。”

聪明的于世保立刻明白是怎么一回事，脸上变色，一向任性的他居然不敢发作，停好车，头搁驾驶轮盘上，幽幽地问：“你怕人看到我俩？”

余芒觉得好笑，他每一个姿势都是做老了的，就像常在夜总会表演的艺人，敲哪一下鼓就唱哪一支歌，场场一样，如有雷同，纯属惯性。

余芒解释：“是为着你好，叫记者拍了照，等于落了案，很难翻身。”说得这样婉转，当然也为着自己。

余芒的排场也不小，一字排开都是她名下的工作人员，穿戴整齐了化妆，同男女主角一起坐下接受访问，的确有点专业为她带来的尊严与美态。

于世保借附近一家茶餐厅的台子坐下，盯着电视荧幕，看得出神。

他不知道此刻的他有多寂寞，那么英俊的男生伏在油腻简陋小餐厅里独自看电视上伊人与主持对答。

他记不起上一次这样为异性陶醉是在几时，忽然有点可怜自己，还以为成了精了，百毒不侵，谁知仍然好似弱不禁风，唉。

他伏在桌子上不动。

这样忘我实在少有，可惜余芒又看不见。

余芒正在现场金睛火眼应付大局，忽而看见女主角笑得太过放肆，便横过去一眼，那伶俐的女郎便即时收敛，又见男主角越坐越歪，便示意他挺起胸膛，一眼关七，不知多累。

旁的观众可能不觉得，于世保却看得一清二楚，叹为观止，这女孩不可思议，性格复杂多面多变，从未得见，他决不会把她当另一个约会。

四分钟应对已经使余芒筋疲力尽，谁说演员好做。

精彩演出结束，她换下戏服，小林过来褒奖："做得真好。"

余芒跷起大拇指："大家好。"

"我们是整体。"

"绝对是。"

余芒在门口与他们分手。

于世保等人群散尽才走过来。

他跟了她一整天。

余芒有余芒的良知，轻轻对他说："世保，你不是我喜欢的类型。"

于世保脸色一沉，还没有女子对他说过那样的话。

"不要把所有时间投资在我身上。"

于世保不相信双耳，这个可恶的女子，她是真不知还是假不知，几乎所有他认得的女性，都希望他拨多些时间出来。

当下他忍声吞气："我有什么不对？"

余芒看着他，像是换了一个人，换了一个了声音，她轻轻地说："你深深地伤害我。"

那语气使于世保惊疑地退后一步。

余芒温柔地看着他。

于世保冲口而出："你到底是谁？"

有一辆空车缓缓转过来，余芒截住它回家。

于世保没有再追上来，这一天他已经够累。

第二天一早，余芒到方侨生医务所报到。

医生说："我昨夜在电视上看到你，表现惊人，同平日木讷老实的你有很大距离。"

余芒咳嗽一声。

"大导演，有无巡视票房？"

余芒躺到沙发上发牢骚："中国人夸张起来真可怕：大国手、大明星、大作家、大刺客、大师傅、大大大大大，下次有人叫我大导演，我准会尖叫。"

"尖叫是发泄情绪的好方法。"

"侨生，我能否把心事告诉你？"

"请便。"

"一打开报纸，看到五花八门、各有巧妙、阵容强大的电影广告，我便耳畔嗡地一声，汗流浃背，不知身在何处，怎么办呢？行家通通那么用功，竞争那么激烈，我下个戏又该拍什么呢？"

医生讶异。

老好余芒又回来了。

这家伙，入行若干年，干得颇有点名气与成绩，却从来不曾踌躇志满。

虚怀若谷在今时今日并不是行得通的美德，能有多少人会得欣赏到余芒的含蓄。

医生当下淡然说：“你言过其实了，依我这个外行人看来，烂片多过好片，何足以惧。”

“可是我从来不靠噱头。”

“那正是你的特色。”

“多么乏味的特色。”

“我明白了，大导演，你并不是担心你的作品不够好，你只是担心你的作品不是最最好，活该！”

“胡说。”

“你要年年考第一，居榜首，拿一次第二脸色便发绿，这正是我认识的余芒。”

“冤枉，我从来不是妄想狂，我只不过想继续生存，我还年轻，尚未能退休，不拍电影，又何以为生，我根本不会做其他的事。”

“余芒，我开始了解你的压力，你把自己逼得太厉害，你成日想胜过谁呢？”

“我自己。”

“什么？”

“一部比一部好，你明白吗，下一部比上一部好，一直有进步。”余芒握紧拳头。

“生活不是竞走，放松。”

“如果不与光阴比赛，生活没有意义。”

两人越说越玄，方侨生夷然说：“自古将相名人，谁斗得过如水流年。”

余芒跳起来：“我们的确不行，但我们工作的成绩可以永久流传。”

医生怔一会儿说：“我要加倍收费，越听越累，你的烦恼天天不同。”

真的，本来只有导演余芒的烦恼，现在还加添了另外一种心事。

余芒还想说下去，方医生的秘书推门进来：“余导演，你的制片林小姐在楼下等你，说有要紧事。”

余芒说：“我得走了。”

方侨生叮嘱她说：“今天晚上我出发去开会……”但余芒已经出了门。

小林坐在她的小轿车里，神色呆滞。

余芒走过去，轻轻问：“票房欠佳？”

小林抬起头强笑道：“平平。”

大家沉默一会儿。

余芒安慰她：“不管它，我们努力下一部戏。”

小林信心动摇：“那个题材值得开拓吗，主旨是什么，会有人叫好吗？”

“小林，拍戏无须大题目。”

小林颓然：“那更连推卸逃避的借口都没有了。”

“振作一点。”

“导演，现在我们到何处去？”小林哭丧着脸。

“小林，精神集中点！”余芒斥责她，“这样经不起考验，还指望你长期抗战呢！”

“对不起。”小林低头认错。

余芒笑着拍拍她肩膀：“把我送回家去，叫小薛来我处，我想看看她那两场戏写得怎么样。”

到了家，刚掩上门，余芒的脸也跟着拉下来。

她用手抹了抹面孔，说不出的疲倦，对人欢笑背人愁需要极大的精力，她再也提不起神来。

余芒呆呆地坐在沙发上。

她若露出泄气的蛛丝马迹，手足们就会精神涣散。

她独自不知在长沙发上躺了多久。

门铃轻轻地响了一声。

余芒决定了，如果这再是章某，她不惜与之大打出手，这个戏根本也是她的杰作。

门外却是许仲开。

“仲开，”她松口气，“是你。”

“你精神似不大好。”

“更加需要朋友的安慰。”

“我可以分担什么？”

“请坐，我去泡一壶茶，然后再打开话题。”

许仲开还没有见过这么磊落的香闺，几乎没有家具，统共只有一张大得窝人的沙发，以及一张大得可供六七人并坐开会的书桌。此外，便是一只磨砂水晶瓶子，插着大蓬雪白的姜兰，香气扑鼻。

多么简单，可见女主人早已懂得一是一二是二的艺术。

可能是他疑心过度了，这又同另一人大不同，另一位，光是香水瓶子都有百来只，是个拥物狂。

他走近书桌，看见一沓速写，一凝神，吓一跳。

恰巧余芒捧着茶具出来。

她似较为振作，笑说："桌子再大总不够用，杂物越堆越多，请把那沓书推开一些。"总算安置了茶具。

许仲开问："你自何处得来这些速写？"

余芒看一看："这是拙作。"

"你的作品？"许君大吃一惊。

余芒信心大失："奇劣？"

"不，"许仲开怔怔地，"只是像极了我一个朋友的风格。"

他轻轻抚摸那个签名式。

"喂喂喂，我的作品许有很多纰漏，但我绝不是抄袭猫。"

许仲开连忙道歉："我失言了。"

余芒当然原谅他，斟杯茶递过去："你的格雷伯爵茶。"

"你怎么知道？"

余芒奇问："知道什么？"

“我喝这种茶。”

余芒顺口说出来：“噫，你同我说的，大学寄宿在一位英籍老太太家中，她喝格雷伯爵，开头你嫌味道怪，渐渐上瘾。”

许仲开蹲到她身边：“我还没有时间同你谈到该类详情细节呢。”

“那么……”余芒抬起头叹口气，“一定是于世保说的。”这些资料，到底从何而来？

两人互相凝视。

余芒心中回忆涌现，不，这绝对不是他同她第一次约会，他们之间，仿佛曾经有过山盟海誓。

余芒别转面孔，太无稽了。

这位许君，明明是新相识。

许仲开提醒她：“你适才说有烦恼。”

余芒跌进沙发里：“我的戏不卖座。”

“卖座不是一切。”

“不卖座则什么都不是。”她背着他。

许仲开失笑：“你有无尽力而为？”

“谁会相信。”

“你的目的并非要求任何人相信。”

余芒承认：“可是我已尽力。”

“那已经足够。”

余芒哧的一声笑出来，这是典型不与今日现实社会接触的人最爱说的话，尽力有什么用，管谁呕心沥血，死而后已，今天群众要看的是结果。

谁管你途中有否披荆斩棘，总要抵垒才计分。

真奇怪，许仲开与于世保都有一分不属于二十世纪九十年代的悠闲，一个净想着忠于自己，另一个专修吃喝玩乐，真正奢侈。

确是罕见的人物。

余芒忍不住伸手拧一拧他的鼻子：“我们的行业，不是这样的，电影这一行，必须要在短时间内讨得一大堆人的欢心。”

许仲开大讶：“你选择一门这样残酷的职业？”

“是的。”

“为什么？”

“别告诉人，”余芒悄悄对他说出真心话，“因为它那里有名，有利，同时，我爱煞看见自己名字在广告花牌上出现。”

许仲开不禁摇头微笑。

余芒唏嘘，当然一定有甜头，不然谁会巴巴地干吃苦，岂真是为着爱好。

许仲开终于忍不住告诉余芒：“某一个角度，某一种语气，你像足了一个人。”

“是，我听说有这么一个人。”

许仲开沉默了一会儿：“于世保同你说过吗？”

余芒点点头：“她的名字也叫露斯马利。”

许仲开颔首。

一定是个出色的女子，叫他们两位念念不忘。

余芒不明白的是，看许于两人的神情，仿佛谁都没有得到她，这又是怎么一回事？

余芒自己的烦恼已经够多，没有兴趣探听他人隐私，当下说：“有机会介绍她给我认识。”

许仲开哀伤地抬起头来。

余芒心中一冷，莫非那人已不在人世。

这是一个很大的可能性，所以两个男生都没有得到她。

可是许仲开又轻轻答："好的，有机会我与你去见她。"

余芒松口气，那么，一定是杀出第三者，横刀夺爱，撇下这对表兄弟。

剧本看多了，习惯上喜欢把剧情推理，故事不外只有几种结局，稍用脑筋，猜都猜得到。

许仲开说："有时候，你简直就是她。"

余芒托着腮笑起来，做她虽然辛苦，她还真的不愿意做别人，尤其不甘心身边男伴不停说她像他的前头人。

余芒正想着技巧地移转话题，门铃响起来，她一看时间："这是我的编剧。"

"我先走一步，今晚再见。"

余芒答应下来，陪他走到门口，忽然之间，她有不可抑止的欲望，终于忍不住挽着许君的手臂，把头靠在他浑厚的肩膀上一会儿。

许仲开温柔地嗅她的头发："你这个动作像足她，她一直只把我当兄弟看待。"

余芒摇头叹息，他好似不能把她忘记：“其实这个女性化小动作最最稀疏平常。”

许仲开不语苦笑。

余芒打开了门，门外的小薛马上睁大眼睛。

总算是有礼貌，好不容易等到关上门才呼叫：“总共两个！”

余芒瞪她一眼：“嘘。”

小薛有不可抑制的兴奋：“可见江湖上人通通走眼。”

余芒问：“他们怎么说我？”一定不堪入耳。

小薛笑嘻嘻，没敢招供。

是该去教书，老师地位至尊无上，谁敢闲言风语。

“喂，你喜欢谁多一点？”

“真的要我挑？”余芒问。

“嗳，只能爱一个。”小薛一本正经凝视余芒。

余芒慢条斯理答：“希治阁。”

小薛一听，马上泄气。

余芒自觉已经战胜这个鬼灵精，哈哈大笑。

半晌才说：“你看我多没心肝，电影不卖座，还来不及高兴。”

“什么呵，票房已经反弹，在此淡季，也算不错，不叫老板亏蚀，又过足戏瘾，夫复何求？”

余芒怔住，这小妞，迟早非池中物，这样能说会道，但愿她的文字也有这个水准。

只见小薛摊开笔记本：“我们讲到第三部。”笑眯眯地说。

余芒从不质疑题材，只检讨自己功力：“第三部，女主角邂逅第一男主角。”

小薛抬起头：“怎么样爱上的？”

“你是编剧呀。”

“给一点提示。”

余芒想一想，不知如何开口，很难同这样年纪的人谈论到刻骨铭心，荡气回肠，他们只适应功利，无用即弃，依依不舍，是为老土。

小薛看到导演欲言还休，眼神略见迷茫，十分心动，试探地问：“花前月下？”

不不不，但，也许一场雨帮得上忙……编剧费真的要大幅增加，心中有意境是一回事，将之变为文字又是另外一回事。

余芒用尽力气譬喻给小薛听：“是这样的一种感觉：女角与另外一个人跳舞，可是眉梢眼角，尽在男角身上，每个表情，每个姿势，都为他而做，男角虽在远处，一丝一毫都感觉得到，完全不能自已。”

小薛张大嘴：“好像是二十世纪六十年代的感觉。”

“小姐，故事根本在二十世纪四十年代发生，你还没有同美术指导小刘谈过还是怎么的？精神集中点。”

小薛连忙是是是。

“第四部，她遇到了与她有身体接触的另一位男角。”

小薛涨红脸跳起来：“我不会写这个。”

余芒颓然答：“请放心，我也不会拍这个。”否则简直是文武全才。

小薛大声松口气。

余芒净想要那个感觉：他变成她的麻醉剂，一刻不在，她似被掐住喉咙，辗转反侧，渐渐什么都不能做，他完全战胜了她的神智，她有说不出的痛苦，浑然忘记这根本是一场游戏。

而开头那个好男人只能看着她的瞳孔缓缓放大，慢慢醉死在她自己设的陷阱里。

小薛张大嘴："原来我们要拍一部色情电影。"

"别高估自己。"

"只有这么多大纲提示？"

"其余都靠你了。"

小薛几乎想伏在桌子上哭。

"头两场你写出来没有？"

小薛交上功课。

"两星期后交初稿，有问题我们随时谈。"

"结局呢，结局如何？"

"结局嘛，"余芒踱步，忽然笑了，"慢慢再讲。"

小薛看着她赞道："导演笑起来好漂亮。"

"去吧，本子编不好，嘴巴再甜也不管用。"

送走编剧，制片来了电话，报上最新票房数字："口碑不错，略见起色。"

余芒自有她的豁达，早把这件事尽量丢在脑后，唯唯诺诺，处之泰然，把修养拿出来，拒做热锅上的蚂蚁。

她披上新买的鲜黄色大衣，走了出去。

好似漫无目的，实际上完全知道要到什么地方。

她再次到香岛道三号去。

嘱咐计程车司机在一旁等她。

余芒抬起了头，看着小洋房楼上一扇窗户，白色威尼斯花边窗帘低垂，余芒凝望良久。

她几乎可以肯定这间屋子同她有亲密的关系。

半晌，计程车响一声号，催她走。

余芒低头叹一口气，正欲离去，忽然之间，小洋房大门打开，一位中年妇女走出来。

她细细打量余芒，余芒亦在不远处凝视她。

隔一会儿她问："请问你找谁？"

余芒答不上来，过一会儿她只得说："我以前住过这里。"

妇人笑笑："小姐你必是弄错了，我们是第一手业主。"

余芒眼光离不开她。

年纪不小了，但身形绝不走样，说一口标准普通话，修长秀丽的脸，象牙色皮肤，打扮时髦但恰如其分，年轻时一定颠倒众生。

余芒的母亲是一个平凡的家庭主妇，是以余芒也一直作风朴素，此刻她心中想，母亲是美妇，不晓得是什么滋味。

想深一层，她又失笑，美丽的母亲当然生美丽的女儿，美成习惯，也就习以为常。

当下那位美丽的妇人便说：“你是余芒导演吧？”

余芒有意外之喜：“你认识我？”

“昨晚我在电视上见过你。”

可见这大众媒介真正厉害。

“你是来看外景吧。”

“呃，是，这间屋子很别致。”

余芒希望她会破例请陌生人进去坐，但是没有，她客气地说：“失陪了。”

余芒向她欠欠身。

美妇进屋，大门轻轻关上。

余芒知道不能再在他人私家路上无故继续逗留，故此登上计程车，驶下小路，未料迎面而来竟然是位熟人。

于世保也一眼就看见余芒，他自跑车探出头来：“真是巧合，你也来探朋友？”

余芒完全答不上来，只强烈有预感，觉得一步近似一步，快要知道更多。

“下车，我载你。”于世保朝她招手。

余芒听他的话付车资给计程车。

于世保停好车说：“我的表姨住三号。”

三号。

一条无形的线已把最近发生的奇事串在一起。

于世保笑问：“你找谁？”

“请问三号人家姓什么？”

“姓文。”

文。

余芒想起来了，第一次遇见许仲开的时候，他认错人，已经告诉过她另外有位迷迭香姓文。

事情渐渐明朗，许君与于君争夺的女子，名字已经揭露，她叫露斯马利文，住在香岛道三号，刚才那位美妇如果是文太太，那么，文小姐必定是位美女。

可是，余芒就是弄不清楚，整件事同她有什么关系，她怎么会对一个陌生女子的世界始会相识，无限依依，继而邂逅她的两位异性朋友。

余芒搔搔头皮，她可能不是神经衰弱，可是，又怎么解释这种现象？

余芒终于问：“文小姐叫什么名字？”

于世保一怔：“你认识思慧？”

余芒摇摇头。

于世保松了一口气：“又是许仲开告诉你的吧。”

“仲开不是那样的人，仲开从来不说别人是非。”

于世保气结：“许仲开永远是忠字牌，每个人的心都朝着他。”

她叫文思慧，余芒有渴望见她的冲动。

但当时她只笑笑：“你尽管去探访她，我先到巴黎路喝咖啡。”

“我陪你。”

“你不是约了人吗？”余芒讶异问。

“既然碰到你，就再也不会让你走。”

说得这样严重，余芒倒有点手足无措，她在男女关系上经验危殆地不足，故此一向不敢大胆起用爱情题材，偏偏在现实生活上，又大大遭到考验。

“来，跟我来，我们一起向文伯母打个招呼，然后到巴黎路去坐。”

余芒忍不住打趣他：“新旧女伴都碰到一块，倒是不怕我们对你反感。”

于世保转过头来，意外得睁大双眼：“你并不知道思慧的事。”

余芒的确不明所以。

于世保沉默一会儿再说：“不知道更好。”

余芒不忍探秘，英国受教育的她沾染了英人特别尊重他人隐私的习气。

“来，我介绍我表姨给你认识，你会喜欢她，她也会欣赏你。”

余芒有点被催眠那样尾随于世保到三号按门铃。

大门一打开，于世保便过去吻那美妇人的脸颊。

那位正是文太太，再度见到余芒不禁笑道：“余小姐原来是在等世保。”

“你们见过？”于世保又有意外。

文太太说：“余小姐鼎鼎大名，人人皆识。”

余芒正待客套两句，却听得于世保深有含意地说：“那，余小姐莫白担了虚名才好。”

此言一出，余芒倒对于世保刮目相看，此人确实明敏过人。

他们不避外人，就谈起家事来。

文太太说：“下个月我决定走了，再留下来也没意思。”脸上有淡淡愁意。

于世保居然默默无言。

文太太又轻轻说：“我与思慧，一直并不相爱。”

于世保握着双手垂着头，仍然噤声。

文太太振作起来：“你同余小姐去玩吧，别挂念我。”

“阿姨，”世保忽然笑说，“你看余芒有没有一点像思慧。”

文太太也笑：“怎么会，思慧哪里有余小姐的聪明才智，我看过余小姐拍的电影，优秀无比。”

于世保怜惜地注视余芒：“阿姨你不晓得做导演的人有多刁钻。”

余芒苦不能插嘴，只得干瞪眼。

“我上去把东西给你。”

文太太上楼去了。

余芒打量屋内陈设，只觉一草一木，无不熟悉，好像是她上一套戏的主要布景，日夜夜拍摄了几百个镜头，无论自哪一个角度拍出去，都不会出错，这间小洋房也一样，蒙着她双眼都可以指出书房在走廊尽头，所有窗户都朝南，台阶上瓷砖是新铺……

然后，她的目光接触到走廊墙壁上的几幅速写画，余芒呆住。

画上右下角签名字体纤纤地往右斜：露斯马利。

余芒耳畔嗡的一声响，这明明是她的手迹，怎么会跑到文家来？

再看仔细画家署的日期，作品完成期在两年前。

原来是余芒抄袭文思慧，不是文思慧抄袭余芒。

真是跳进黄河洗不清。

难怪许仲开会说她们两人风格相似。

余芒猛然抬起头来，发觉于世保的脸近在咫尺，她不禁轻轻颤声问道："这是怎么回事？"

于世保答案很合理："不管是怎么一回事，这次我决不会败在许仲开手上。"说得很坚决，像是对自己的誓言。

余芒有一阵眩晕，适逢这时文太太自楼上下来，世保在她手中接过一只小小盒子。

余芒借此机会松一口气。

文太太凝视余芒，想把她看个究竟，但终于没有发表意见，她把两个年轻人送到门口。

文思慧的屋子，文思慧的男友，文思慧的画，文思慧的男友，此时此刻，都似与余芒共享，余芒糊涂得不得了。

甚至到了巴黎路的咖啡座，她也知道该坐到哪一张台子上去，那定是文思慧惯坐的固定位置。

适才挂在文宅走廊里的画，就是这一角落的风景写生：淡紫天空，白色沙滩，一抹橘红夕阳。

她听见于世保同她说："与我在一起你会快乐。"

余芒反驳他："你只会玩。"

"嘿，听听这话，不是每个人都有玩的天才，与我相处，你永远不闷。"

余芒不出声，她当然知道这是巨大的引诱。

不少已婚女友向她诉苦生活闷不可言，丈夫一点毛病都没有，一表人才，职业正当，可是下班一到家就瞌睡，不见生机，成年累月都不懂得讲一句半句笑话，或是陪伴侣跳一支舞，给她些微惊喜、刺激、新奇的感觉。

女友称之为蛹内生活。

余芒用手托住头，于世保答应让她做蝴蝶呢，但多久？

她看到世保眼里去。

于世保何等聪明，当然明白她的意思，他微笑说："存在主义名家加缪这样写：'爱，可燃烧，或存在，但不会两者并存。'"

余芒喜爱阅读，但接触这两句名言却还是第一次，细细咀嚼，不禁呆了。

创作就是这点难，好不容易零零星星积聚到些微灵感，蓦然抬头，却发觉前人早已将之发扬光大，做得好过千倍万倍。

于世保让她思考一下，用两只手合起她的手，放在脸边摩挲。

于世保的体温像是比常人要高出三两度，他的手，他的脸，似永恒发烫，若接近他的身体，更可觉得他体温汩汩流出来，最刚强的女性都忍不住想把头依偎到他胸膛上去。

管它多久呢。

余芒听见她自己温和地说：“终久你会让我伤心。”

世保哑然失笑：“急急流年，滔滔逝水，到头这一身，还难逃那一日呢。”

余芒终于明白为何这浪子身边有换不完的女伴，他有他的哲学，浮夸或许，肤浅绝不；况且，他公平地摊牌让女伴自由选择。

余芒笑了。

忽然之间，灵感告诉她：“你爱思慧最多也最久。”

世保微微变色，似不想提到思慧。

过一会儿他轻轻在女伴耳畔说：“燃烧或长存，悉听尊便。”

余芒想到希腊神话中帕里斯王子与金苹果的故事，爱神阿佛洛狄忒应允他世上最美的女子，天后赫拉给他至高的智能，战神雅典娜则赐予无比权力，帕里斯却把金苹果奉献给爱神。

人们为爱所付出之代价一向惊人。

将来可能遭受一点点伤害似微不足道。

可是，余芒忽然清醒过来：“我的所爱是电影。”

世保笑：“我不反对，我不是个忌妒的人。”

“那已经使我燃烧殆尽。”

世保摇摇头，女方不住拒绝使他斗志更加高昂。

“我送你回去？”

啊，家里只有孤灯、书桌、纸笔。

“不回家？难保不会发生叫你懊恼或庆幸的事。”

“没有中间路线？”

“我这里没有，许仲开是温开水，他或许可以提供该种温情服务。”世保语气非常讽刺。

“你呢，你又上哪儿去？”余芒好奇想知道他往何处热闹。

世保转过头来，双目充满笑意。

已经想管他了？

余芒连忙收敛自己，一路上不再说话。

这不是她的游戏，外形上先不对，想象中于世保的女郎都该有长发细腰，他双手一掐在她腰上，她便夸张地往后仰，长发刚好似瀑布般刷洒而下……就像电影里那样，一定要叮嘱小薛把这一场加进去。

余芒的心情渐渐平复。

到家下车，她朝于世保笑一笑，再次成功地把两人的距离拉开，脱离危险地带。

于世保伏在车窗上同她说："这不表示我会气馁。"

走到屋内，关上门，不过是掌灯时分，余芒却有种恍若隔世劫后余生的感觉。

她开亮台灯，伏在书桌上良久，才整理思绪，集中精神，改写了两场戏。

渐渐她有种感觉，本子里的两个男主角，越来越神似现实生活里的人。

文艺工作者总忍不住要出卖他们身边的人，因为创作的压力太大，因为时间仓促，顺手抓到什么便是什么，余芒偷偷窃笑。

她忽然自稿纸堆抬起头来。

敏锐的感觉告诉她，许仲开此刻正站在门外，她走过去打开门，看见许君正欲伸手按门铃。

两个人都笑了。

“很少有人这么乖每晚都在家。”仲开讪讪说。

余芒忍俊不禁，满桌功课要赶出来，谁敢满街跑，成了名事业才刚刚开始，更加不能有任何差池。

“你从来没提过你做的是那个行业。”

仲开坐下来，十分诧异，她不是洞悉一切吗，还用问？

余芒看着他：“一年前你尚在大学工作，最近有什么高就？”

这才像样一点：“家父身体不好，我尝试帮他料理出入口生意。”

啊对，余芒的心一动，许伯伯代理一种历史悠久的花露水，原桶进口，在本市分装入瓶，还没走近厂房，已经香气扑鼻。

小时候真爱煞了许伯这一宗生意，他常送她精致样板。

想到这里，余芒一惊，什么小时候，这一段回忆从何而来？

许仲开见她脸色有异，关怀地问：“没有事吧？”

余芒连忙摇头。

这明明是另一人的记忆。

而那另一人，十分可能，就是一个叫文思慧的女孩子。

明天非得把这一个新发现告诉方侨生不可。

许仲开十分细心：“你可是累了？”

“不，别告辞，陪我久一点。”

“恐怕我不是好伴。”仲开十分遗憾。

余芒笑道：“谁说的，光是看到你心已经定了。”

许仲开意外得深深感动。

他想到不久之前，他深爱的女孩子对他的含蓄不表欣赏，不禁哽咽。

过一刻他说：“我还是让你休息吧。”

“明天同样时间我等你。”

她送许君到楼下，看他上了车，轻轻摆手，许仲开忍不住回头看她，只见余芒纤长潇洒的身形站在一弯新月之下，是夜的天空，似一幅深蓝丝绒，大厦房子窗户一格格亮着灯，像童话中的堡垒。这一次，许仲开知道他找到了公主。

余芒待他车子拐了弯才回家。

第二天一早，她往方侨生医务所报到。

护士迎出来："余小姐，你怎么来了？方医生不在。"

余芒一惊，怔怔地看着护士："她现在在何处？"

"方医生早在一个月前已通知各位，她要往赫尔辛基开医务会议。"

"我昨天才见过她。"

"她是昨晚出发的，一星期后回来。"

余芒惨叫一声："我怎么办？"

看护不禁莞尔："余小姐，暂时找个朋友诉诉苦也一样。"语气幽默。

"怎么一样？"余芒叹道，"朋友听完我们的心事立刻快速传递，当人情播送出去，医生则紧守秘密是为职业道德。"

看护十分同情："那么，只得忍一忍了。"

余芒呻吟。

她嗒然离开医务所。

偷得浮生半刻闲，不如去吃个早餐。

她跳上车子，自然而然道出一家大酒店的名字，近日来她靠灵感行事，意外频频，刺激多多。

到达目的地，她完全知道应当朝哪一个方向走去，有一张向街的两人座位，她坐下便随口吩咐要一杯酵母乳。

好像天天来惯的样子。

余芒叹一口气，古人会说一切是前生经历。

她摊开报纸，打算看聘人广告版，余芒常怀隐忧：万一做不成导演，到底还能做什么，越看聘请栏越惊心，越怕越要看，不住自虐。

斜对面有人看她。

余芒眼睛微微一瞄，便发觉那人是于世真。

两个女孩子相视微笑。

世真做一个手势，意思是，我过来坐好吗。

余芒回报，欢迎欢迎。

世真拿起她的茶杯过来："我有一个朋友，从前来这里喝茶，一定坐这个位置。"

余芒完全知道她指谁，那个朋友，是文思慧。

世真很技巧地问："余小姐，你现在好似穿了她的鞋？"

这是好形容词。

"我的事情，你都知道？"

世真点点头。

"她的事情，你也都知道？"

世真笑着颔首。

余芒深觉不值："你们这一伙全是自幼一起长大的表兄弟姐妹，自然没有秘密，我却是外人。"

世真天真地答："我们需要新血。"

余芒啼笑皆非。

话还没说完，思慧的母亲文太太到了。

余芒与于世真连忙站起来。

文太太笑说："昨日世保陪我去看了余小姐的新片，世保说想多多了解余导演。"

余芒有点宽慰，至少多卖掉两张票子。

文太太并没有坐下，余芒立刻知道雅意："我有事先走一步。"立刻告辞，好让人家说正经话。

她走了很久，文太太才说："仲开同世保都告诉我余小姐像思慧像到极点。”

世真问：“是为了那样才喜欢她吗？”

文太太笑一笑：“开头也许因此吸引了他们，现在，我认为余小姐自有她的优点。”

“她是城内非常有名气的文艺工作者之一。”

“世保也如是说。”

“你觉得她像不像思慧？”于世真问姨母。

文太太苦笑：“我是个失败的母亲，我与思慧不熟，我竟不知思慧有什么小动作，我不觉得像。”

世真却轻轻说：“有时神情真像得离奇，骤然看去，吓一跳，仿佛就是思慧。”

“怎么可能？”文太太抬起头，“思慧是无望的了。”

“每一天都是一个新希望。”世真鼓励姨母。

“世真，年轻真好。”

世真低头不语，两人语气中的沉郁气氛拂之不去。

迷迭香

叁·

这是他们的选择，
谁叫他们选择燃烧，
事后当然只余灰烬。

得为生活奔波的人又是一种说法。

余芒与工作人员会面，大家都坐在长桌前，均默默无言。

副导演小张说：“是剧本写坏了。”

余芒苦笑：“即使是，导演罪该万死，居然通过那样的本子。”

制片小林说：“宣传不足够，毫无疑问。”

“不不不不不，”余芒敲着桌子，“是我拍得不够好。”

“导演何必妄自菲薄。”

“总比往自己脸上贴金好看些。”

“我们又没叫老板赔本。”

余芒说：“替老板赚钱是应该的，千万不要以为不赔本就是英雄。”

小林摊摊手：“我们已经尽力。”

“还不够好。”

“多好才是够好？”众女将都快哭了。

余芒想一想：“每一部都比上一部好，已经够好。”

“我们并没有做得比上一部差。”

余芒摇头：“你饶了自己，观众必不饶你。”

“那该怎么办？”

“我不知道，我只有两条路走，要不改行教书，要不拍好下一个戏。”

小林说：“只怕外头那些人脸色突变。”

“那么快？”余芒说，“那更要努力。”

多现实。

余芒天生乐观，不要紧，她想，过两日扑上来打躬作揖的，也就是这帮反应快的人。

虽然这样看得开，笑容仍是干干的。

散会后，独剩小林及小薛。

小林掏出了一包香烟，大家静静坐着吸烟。

很想说几句话互相之间安慰一下，终于没有，过一会儿她们拍着导演的背离去。

余芒比什么时候都想去教书，只是不够胆子说出来。

终有一日，当她坐在校长面前，要求人家赐一教席的时候，人家会说："教电影？不对不对，学校只需要体育老师。"

还是章大编剧聪明，匆匆跑去结婚，创作生涯原是梦，苦海无边，回头是岸。

余芒取起小薛交来的一稿细看，只觉好得无边，心头略松。

过一刻，她又踌躇起来，不少先例告诉她，许曼前辈，曾经红极一时，忽然之间，作品不再为群众接受，脱节而不自知，又何尝甘心，还不是照样推说，大众心理太难触摸。

这样推想下去，真会疯掉。

余芒埋首进大沙发，呻吟不已，此刻她身上穿着新买的时装，多一分嫌阔，小一分嫌窄，不比从前的宽袍大袖，可供自由活动，更多一重束缚，余芒一骨碌跳起来剥下这第二层皮，套上旧时大裙子，再重新滚到沙发中。

挨得像只狗已经够辛苦。

余芒做回余芒。

门铃一响，余芒也不忌讳，干脆以真面目示人，去打开大门，幸亏只是许仲开。

许君看到她一副清纯，眼睛肿肿，似有说不出的烦恼，有点意外。

他见惯她运筹帷幄，趾高气扬的样子。

“仲开，借你的双耳给我，我需要它们。”

换了是于世保，听到这样的话，那还了得，少不免马上跟一句“除去一颗心之外，身体每一部分都属于你”，但这是许仲开，他只会颔首说好。

“仲开，我不是动辄悲秋的那种人，我的烦恼是具体的，一块大石那样压在面前，无法逃避，所以痛苦，我从不因为有人比我风头劲或有人比我漂亮多而难过，你明白吗？”

仲开微笑：“我知道，你的戏不十分卖座。”

唏。

人家只是忠厚，人家可不笨，一听就知道中心思想在什么地方。

余芒腼腆地笑。

奇怪，许仲开看着她，今天的余芒忽然一点都不像文思慧了，可是另外有动人之处。

他从未想象过此生还会喜欢思慧以外的女子，可见高估了自己，人是多么善变，多易见异思迁，仲开茫然惭愧低头。

“喂，别为我担心，我诉完苦，一定挺腰再起，相信我，下一个戏我一定杀死全市观众。”

许仲开抬起头笑。

余芒说：“要不是我的心理医生出卖我，把我丢下到外国开会，我才不会劳驾你的耳朵。”

“不，不，我全不介意。”

可怜的许仲开，怎么同于世保比，一定是世保手下败将无疑。

当下仲开微微笑说：“会讲话真是艺术，我一直羡慕你们。”

你们是谁?

“你、世保、世真、思慧，都能言善辩。”

余芒马上加一句：“所以仲开你才显得难能可贵。”

许仲开感动得心酸，不，余芒不像思慧，余芒比思慧懂得欣赏他，余芒完全愿意接受他的优点。

今天的余芒一点都不像思慧。

“说一说你那导演生涯。”

“似只疯狗。”

许仲开骇笑：“必定还有其他吧。”

“谁会同女导演做朋友，一份二十四小时全天候工作蚕食我所有时间，占据我所有感情，日夜颠倒，全世界出外景，息无定时，席不暇暖，哪里留得住身边人?”

仲开点点头，光辉下面，总有辛酸。

想一想问：“女孩子适合教书，你为什么不去教书?”

余芒一听，受不往刺激，放声尖叫，飞身扑到许仲开身上，双手掐住他脖子，要置他于死地。

教书教书教书，真想逼死她。

仲开握住余芒的手，忽然泪盈于睫。

余芒连忙松手："我弄痛你？"

仲开默默摇头。

"仲开，有话要说，请说呀。"

过半晌他才开口："思慧凡听到我训她，就巴不得扼死我。"

余芒摇摇头："这就是你的不对了，难怪于世保占上风，女孩子一向最讨厌训导主任。"

仲开无奈，把头靠在墙上，闭上双目。

余芒被他的哀伤冲淡了她的烦恼，惋惜地说："我担心你永远不会忘记她。"

刚刚相反，仲开睁开眼睛："很多人都这样说，只有我自己知道，我终有一日会遗忘她。"这是人的天性，不设法忘记，无法生活下去。

我们的构造如此：冷感、善忘、顽强，丢下痛楚，跌倒再来。

实是人的本能，为着保护自己，不得不尊己为大，贱视他人。

仲开恢复过来，微笑道："今晚应由你发言才是。"

“我的忧郁微不足道。”

“可以从头再来的事，不算烦恼。”

“谢谢你的劝慰。”

余芒发觉对许仲开倾诉比去方侨生医务所犹胜一筹。

“仲开，”她由衷地说，“你令我觉得无比舒适安全松弛，同你约会真正开心。”

余芒的职业已充满刺激，日常生活中已不屑做冒险家，虽然偶尔有点好奇，但非常懂得欣赏温馨可信的感情。

任戏中女主角频频堕入爱河脱出情网已经足够。

余芒想起来：“对，仲开，这是我新戏的本子，你同我看看，给我一点意见。”

她把剧本大纲交给仲开。

不知是哪个编剧的怨言：至恨制片与导演把剧本乱给不相干的姨妈姑爹过目，叫这些目不识丁的外行提意见，完了当金科玉律似叫编剧改改改改改，如此不专业行为，杀千刀。

余芒想到这里，不禁吐吐舌头。

只此一回，下不为例。

一边许仲开已在心中暗暗许愿：以后再也不会在余芒面前提起文思慧三字，人家不介意是人家的大方，他利用这点便宜却是他不尊重。

可是一翻剧本，便吓一跳。

这是思慧的故事！

他暗暗吃惊，余芒自何处得来这样相似的情节？

父母自幼离异，把她丢在一间大屋里孤独地长大，思慧自幼像个大人，及至成人，又放肆得似一小孩，完全不理会传统律例，浪荡任性，惹人啧啧连声，大人因未能以身作则，哑口无声，尽量以物质满足思慧……

仲开失声："这是什么人的故事？"

余芒正伏案苦写，闻言抬头："纯属虚构，彩色到极点是不是？普通人都是黑白。"

呵。人生通通是一出出的戏。

许仲开已决定不提文思慧名字，心中却惊疑不已。

莫非我们这些人的一生，早已编写在人家的故事里？

他掩卷不忍细读。

余芒咕咕笑着介绍："她爱甲君的灵魂，却贪慕乙君的身体，不如改个二十世纪五十年代的戏名，叫《灵与欲》。”说到这里，笑不可抑。

许仲开总算接触到光明舒泰开朗的新女性，不禁心旷神怡。

余芒根本无须同文思慧相似。

想到这里，许仲开的心头犹如去掉一块大石。

接着余芒情不自禁对他说起故事来：“说真了，她两个都爱，但是人类恒久的痛苦是必须做出选择，只能爱一个，因为甲君与乙君不愿同时被爱。”

余芒一讲到新戏剧情，神情是这样陶醉入迷，双目闪烁，脸容皎洁，表情爱恋，如十多岁少女说起她心仪的异性。

许仲开莞尔，电影才是余芒的第一爱，毫无疑问，短时间内，谁也别想与之争锋。

同时，余芒随口透露的剧情令他心惊胆跳，他几乎想脱口而出：我就是文思慧的那个乙君。

情绪一时紧，一时松，感觉奇异，前所未有，他呆呆地看着余芒。

余芒神采飞扬地说下去："选谁根本不要紧，因为一定是错的。"

许仲开一怔，他还没有听明白。

"就像我们这一代女性，选择成功事业的定忘不了温馨平凡的家庭，坐在厨房里的却必然心有不甘，萎靡不振。无他，得不到的一定是最好的，这是人性的悲剧。"

余芒早几年已经与心理学专家方侨生把这个问题研究得十分透彻。

"失去的才是乐园，你明白吗？"

许仲开默默把余芒的前言后语咀嚼一会儿，然后说："年轻女子判断力不够，选择错误也是有的。"

"但在感情上，任何选择都令当事人后悔，是不争的事实。"

仲开不再言语。

余芒说得对，终于他失去思慧，但是思慧又思回头。

余芒说下去："女主角在二十三岁生日那一日，自觉已经历尽沧桑，但仍然高估本身魅力，追随享乐而去，因活在世上，我们听令于肉身多过灵魂。"

许仲开脸色苍白。

思慧临走那日，穿着玫瑰紫的衣裳，前来把消息告诉他：“我爱你，仲开，我心灵虽然愿意，但肉体却软弱了。”

思慧仰起小小面孔，雪白肌肤，只搽着玫瑰红胭脂，没有笑意。

仲开战栗。

魔鬼，魔鬼把他们的故事告诉余芒。

余芒松口气坐下来：“这不是爱情故事，这是一个有关选择的故事。”

仲开深深叹口气。

余芒又说：“当然，比选择更痛苦的，是完全没有选择。”

她十分满意地倒在沙发里。

“我不喜欢拍史诗，我的计划都是小小的，可以达到，有满足感，一步步，希望也终于把我带至高处。”

把话说完，余芒打一个哈欠，一看钟，吓一大跳，什么，午夜十二点半？

她过去拾起钟，摇一摇，没有搞错吧，时间怎么可能过得那么快？

她去查看仲开的腕表，果然不错，已是另一日之始，另一个早晨。

“我让你休息。”

“仲开，”她过去磨他，“明天再来。”

这分骄纵简直又是文思慧翻版，同于世保订了婚，两人同居在一起，却又把仲开叫来，一次又一次表示后悔……

仲开，明天再来，仲开，仲开，仲开。

如果他当日陪她，她又该说世保，世保，世保，明天再来。

结果是他们两人同时舍弃了思慧。

因为余芒也说过，选择永远是错的，所以现在轮到仲开懊悔。

他轻轻把余芒拥在怀中，下巴抵着她的头顶，悄悄说：“我明天再来。”眼泪悄悄落下。

那晚，余芒睡得极好。

醒来长叹了一声，事业发生那样大的危机，小林小刘小薛她们就快精神崩溃似的，余大导她却无关痛痒，拥被大眠。

太说不过去了。

小薛一早来报到。

一坐下便问："导演，结局怎么样？我想破了脑袋都想不到。"眼底有黑圈，可见尽了力。

余芒内心有愧，斟出饮品，与小薛有福同享："让我们慢慢商量。"

小薛十分感动，听说有些导演一看本子，例牌[1]只会说三个字：不够劲。不加一点指示督导。

余芒显然不是这样的人。

余芒肯帮人。

"来，我们说到哪里？"

两人用手托着腮，相对无言，并没有字千行。

小薛忽然说："我欲横笔向天笑。"

"再写不出，我瞧还是哭的好。"

小薛鼓起余勇，用科学手法分析剧情："统共有几个结局，是算得出来的。"

[1] 例牌：粤语，同照旧。

余芒点点头："要不选甲君，要不选乙君。"

"这是不够的，这不过是矛盾的开始，不是结局，二十世纪五十年代的观众或许会感到满意，今日群众老练，要求更多。"

余芒当然明白这个道理："我们已经讲到她选了乙君……"

"但她不满足，她又去缠住甲君。"

"哗，可怕，战栗。"

"演变到这个地步，"小薛提高声音，"路越来越窄。"

余芒接上去："要不三人和平共处？"

"不行不行，太过猥琐，观众抗拒。"

余芒太息："那么，只剩一个可能，甲乙两君同时唾弃她。"

"残忍。"

"男人很少愿意同时被爱。"

"噫，这对他们来说，的确比较尴尬，可是今日女性亦早已拒绝分享爱情。"

"小薛，故事可否就此结束？"

"当然不！她还没有令他们后悔。"

"我的天！"余芒说，"你的要求比观众更高。"

这样肯动脑筋，诚属难得。

小薛非常亢奋："真好，本来我几乎脑血管栓塞，到了这里座谈，忽然开窍。"

剧中人像是渐渐活转来："其实他们三个人都很寂寞，得不偿失。"

小薛说："这是他们的选择，谁叫他们选择燃烧，事后当然只余灰烬。"

讲得真好。

可是，最后怎么样呢?

小薛很乐观："慢慢来，情节自己会跑出来。"

余芒娇笑："跑一百公尺还是马拉松?"

小薛讶异地看着导演，在旁人最最不提防的时候，她会露出小女儿之态，不要说异性，同性看到，也会心动。

当下余芒说："已经够你写上两个礼拜了。"

但是小薛念念不忘："结局最重要。"

都是工作狂。

首先，你要发狂，切忌步步为营，计算名利，绝对不能分心，否则等于自缚手脚，阻碍办事。

是，余芒也好奇，结果怎么样？

“导演，真实生活中，你会选谁？”

余芒笑一笑：“我有什么资格主动？我至多不过坐在那里被选。”

如此谦逊使编剧肃然起敬，大水晶瓶子里天天插着不同的鲜花，小薛才不相信由导演自己掏腰包买来，只有自信十足，才会十足自谦。

小薛眨眨眼：“我且回去执笔。”

剩下余芒一人独坐室内。

当然有答案。

许仲开与于世保一定知道以后的剧情。

这也是他们的写照，失去思慧之后，仲开的生活充满寂寞的孤苦，而世保则默默忍耐喧哗的寂寥。一见到略似思慧蛛丝马迹的女子，两人立即飞身扑上，要多惨有多惨。

最令余芒好奇的是思慧。

故事中最重要的角色，思慧在何处？

与其问世保，不如问仲开，对着仲开，有口难开，人家从前的女友，干卿何事，总不能对他说：剧本要有结局。

那么，就该在文太太身上下手。

文夫人心事重重，处处有难言之隐，亦不方便，那么，只余世真一人了。

于世真一看就知道胸无城府，天真无邪，好出身，有点懒的女孩；与世无争，自然不知人间险恶，不知不觉，就保存了纯真，人如其名。

要套她说话，易如反掌，胜之不武，余芒也不想以大压小。

余芒一直觉得是这个故事找上她，而不是她发掘了这个故事。

那么，就顺其自然，让它按部就班地发展下去好了。

余芒正在沉思，方侨生的长途电话找。

她声音重浊：“余芒，替我找快速邮递寄国货牌感冒药来。”

“喂，你有的是秘书。”

“秘书不是用人。”

“哦，朋友则身兼数职不妨。”

“不要趁我病取我命。”

“我马上同你办。”

“余芒，还有一件事。”方医生吞吞吐吐。

太阳底下，莫非还有新事。

“余芒，我在会议中碰见一个人。”

余芒即时明白了，心中十分高兴，以方医生的智能眼光，这个可能是真命天子。

她说下去：“原本过几天就可以回来，现在的计划可能有变。”

余芒不是一个自私的人：“没关系，我虽然需要你，但是我看得开。”

“那么……”侨生咕咕笑，“我先医了自己，再说。”

余芒微微笑。

立即穿衣服替侨生去买药。

在速递公司办事处，碰到文太太在寄大盒大盒的包裹。

遇上了。

故事本身似有生命，自动发展下去。

余芒过去招呼长辈：“文太太，你好。”

文太太转过头来，先入眼的是一件鲜黄色伞形大衣，去年思慧来看她，穿的便是这种式样的外套，一般的巴哈马黄，夺目非常，睹物思人，文太太悲从中来。

过半晌，她才懂得说：“啊是余小姐。”

怪不得都说她像思慧，可是人家的女儿比思慧乖巧百倍，也难怪，人家有家教，人家的母亲一定贤良淑德。

两人分头填好表格，文太太见余芒只寄小小一盒东西，便顺手替她付了邮资。

作为独立女性多年，余芒甚少有机会受到恩惠，极小的礼物，她都非常感激，不住道谢。

文太太见余芒如此可爱，忍不住邀请她去喝一杯茶。

余芒亲亲热热挽着她的手臂过马路。

文太太轻轻说：“我就要走了。”

余芒只能点点头。

文太太也觉得余芒亲切，她与思慧，见面不过冷冷，心中尚余芥蒂。思慧动辄给脸色看，母女亲情，一旦失去，永远失去，误会冰释，只是小说里的童话，思慧对她，还不如一个陌生女孩来得亲热。

思慧折磨她，她也折磨思慧。

余芒转动着面前的爱尔兰咖啡杯子，说道："到了外国也可以时常回来看我们。"

上回思慧来到，好似要同她透露或是商量一些什么消息，结果什么也没有说，见到继父，反而和气地客套一番，思慧的道理一向分明，只恨母亲，不恼他人。

文太太忽然掏出手帕拭抹眼角。

余芒讪讪地低头，假装没看见。

只听得文太太哽咽问："余小姐同母亲，无话不说吧？"

"哪里，我一个月才见她一次，如在外地拍外景，可能还碰不到，我有话，都到一位心理医生那里去讲。"

文太太没想到会这样，倒是一怔。

余芒似自言自语，实则安慰长辈："父母同子女没有什么话说，亦属常事。"

文太太仍然心酸不已。

过半晌，她说："思慧不原谅我。"

余芒只得清心直说："有时候，该做什么，就得做什么，当然希望近亲谅解，如不，也无可奈何。"

文太太不语，这女孩如此说是因为她并非文思慧。

她抬头："余小姐，有些痛苦，是你不能想象的，我不得不有所抉择。"

"我明白，"余芒忽然大胆地伸出手去按住文太太手臂，"你开始怕它，你甚至不能与它共处一室，实在不能活着受罪，看着自身一日日腐败。"

文太太脸色煞白："你怎么知道？"

余芒掩住嘴巴，真的，外人从何得知这种私事？

"我只与思慧讲过一次，"文太太失措惊惶，"思慧拒绝接受。"

余芒忽然又说："不，她谅解，她明白。"

文太太瞪着余芒，慢慢了解到这可能只是余芒的好意安慰，这才叹息一声。

可是余芒真正有种感觉，文思慧终于原谅了母亲。

"思慧没有告诉你她不再介意？"她问文太太。

文太太起疑："你几时见过思慧？"

这下子余芒真不知如何作答，过半晌她才老老实实说："文太太，我从来没有见过文思慧。"

文太太合不拢嘴。

余芒又何尝明白其中所以然，感觉上她岂止见过思慧千次百次，她与思慧简直似有心灵感应，她才是世上最明白最了解思慧的人。

但事实上余芒根本没见过思慧，她甚至不知道思慧面长面短。

文太太奇道：“你竟不认识思慧。”

余芒问：“你有没有她的照片？”

余太太连忙打开鳄鱼皮包，取出皮夹子，翻开递给余芒。

是一张小小彩照，思慧的脸才指甲那么大，她穿着件玫瑰紫的衣服，余芒看真她五官，不由得在心中喊一句后来者何以为继，没想到她这么漂亮！

照片中的文思慧斜斜倚在沙发中，并无笑容，一脸倦慵之色，嘴角含蕴若干嘲弄之意，好一种特别的神情。

余芒至此完全明白许仲开与于世保为何为她倾倒。

文太太说：“他们说你像思慧。”

“不像啦，我何等粗枝大叶。”

“我看你却深觉活泼爽朗，思慧真不及你。”

余芒知道这是机会了，闲闲接上去：“文太太，我倒真希望与思慧交个朋友。”

谁知文太太听到这个善意的要求，立刻惊疑莫名，过一会儿，定定神，才说：“你不知道。”

余芒莫名其妙，不知什么？

有什么是人人知道，她亦应知道，但偏偏不知道的事？

余芒看着文太太，文太太也看着她。

过很久很久，文太太说：“明天下午三时，你来这里等我，我带你去见思慧。”

“呵！”余芒十分欢喜，“太好了，我终于可以见到思慧了。”

文太太凝视余芒，这女孩，像是什么都知道，可是却什么都不知道，她高兴得太早。

文太太泪盈于睫，匆匆取过手袋而去。

余芒站起来送她，回到座位，发觉文太太遗忘了思慧的小照片。

余芒小心翼翼把照片纳入口袋。

傍晚，制片小林见导演痴痴凝望玉照，好奇地过去一看，唉，陌生面孔，脑筋一转，会错意，立刻说：“我们绝不起用新人，这并非太平时节，我们但求自保。”

余芒却问：“美不美？”

小林忍不住又看一眼，别的本事没有，判别美女的本领却已一等，见得多，耳濡目染，当然晓得什么叫美。

小林点点头：“但不快乐。”

“那是题外话。”

小林笑：“在快乐与美丽之间，我永远选择快乐，美不美绝非我之思虑。”

余芒问：“会不会我们这些人都太有智能了？”

“智能也好呀，才华更胜一筹，比较实际。”

“不！”余芒说，“你这样说是因见时下所谓美女其实是由脂粉堆砌出来，真正美貌也十分难得。”

小林笑问：“这又是谁，你的朋友、亲戚、情敌？”

都不是。

余芒答：“她是我们下一个剧本的结局。”

小林不明导演的意思，难怪，做着这样艰巨的工作，久而久之，不胜负荷，言行举止怪诞诡异一点，又有什么出奇。

小林有一位长辈写作为业，一日，小林天真地问："作家都喜怒无常吗？"那长辈立刻炸起来："天天孤苦寂寥地写写写写写，没疯掉已经很好了。"

看，人们赚的不过是生计，赔上的却是生命。

这一轮导演精神恍惚，情有可原。

"女主角条件谈得怎么样？"小林问。

"她要求看完整剧本。"

"她看得懂吗？"

余芒笑："由你一字一字读给她听。"

"我看还是由导演从头到尾示范演一次的好。"

"不要歧视美女，请勿忌妒美貌。"

小林滚在大沙发里偷笑，一部电影与另一部电影之间，这一组人简直心痒难搔，不知何去何从。

遇上了文思慧这宗奇事，倒也好，排解不少寂寞。

余芒有点紧张，思慧显然是那种对世界颇有抱怨的人，现在她又仿佛接收了思慧两位前度男友，见面时，客套些什么？

总不能讨论许仲开与于世保的得失吧。

余芒又有点后悔要求与文思慧见面。

太唐突了。

小林见导演失神得似乎魂游太虚，轻轻吁一口气，悄悄离去。

余芒伏在案上，倦极入睡。

看见有人推开大门，再推开一张椅子，走了过来。

“迷迭香，迷迭香。”

余芒揉了揉眼睛，谁？

一个女孩子充满笑容拍手说：“醒醒，醒醒，我回来了。”

余芒急道：“喂喂，那是我的床，你且别躺下去。”

那女郎诧异问：“我是迷迭香，你不认得我？”

余芒笑说：“那只是一个很普通的名字，你找错地方了。”

“不，”女郎摇摇头，“这里舒服，我不走了。”

她竟过来搂住余芒的肩膀，余芒看清楚她的五官，思慧，是文思慧，剑眉星目，雪肌红唇。

“思慧，我不过与你有一个共同的学名而已。”

思慧只得站起来，轻轻转身。

余芒又舍不得，追过去："思慧，慢走，有话同你说。"

此时她自梦中惊醒，一额冷汗。

余芒哑然失笑，明日就可以正式见面，不用幻想多多。

她换上宽身睡袍，扑倒床上。

赴约时内心忐忑，故比约定时间早十分钟，文太太只迟到一点点。

"余小姐，车子在等。"

余芒即时跟在文太太身后上车。

文太太神色呆滞，没有言语。

她们的目的地究竟何在？

余芒闭目静心养神，半晌睁眼，那似曾相识的感觉又浮上心头。

余芒认得这条通往郊外的路，路旁种植法国梧桐，文艺片男女主角少不了到此一游。

这条路的尽头，只有一间建筑物。

余芒猛地抬起头来，那是一间疗养院。

余芒忽然都明白了，她内心一阵绞痛，低下头来。

司机在这个时候停好车子。

文太太轻轻说："就是这里。"

余芒恍然大悟，脸色惨白地跟着文太太走进医院。

那股弥漫在空气中的消毒药水使她不寒而栗。

文太太领她走上三楼，到其中一间病房门外站住。

文太太转过头来："余小姐，我想你最好有点心理准备。"

余芒快哭出来，颤声问："她的病有多重？"

文太太看着余芒，轻轻说："她不是病。"

"什么？"

"思慧已死。"

余芒噔噔噔退后三步，张大嘴。

文太太不再出声，轻轻推开病房门。

她让余芒先进去。

房内的看护见到文太太，站起迎过来。

余芒终于看到了文思慧。

思慧躺在床上，闭着双目，脸色安详。

全身接满了管子，四通八达地搭在仪器上。

余芒并不笨，脑海中即时闪过一个词：COMA。她的心情难以形容，既震惊又心酸更气愤，不禁泪如泉涌，呆若木鸡。

难怪文太太说思慧已死。

文太太递手帕给余芒。

病房空气清新，光线柔和，余芒走近病床，坐在床头的椅子上，不由自主，握住文思慧的手。

思慧，她心中说，另外一个迷迭香来看你了。

思慧的手有点冷，身体纹丝不动，脸容秀丽，一如童话中的睡公主。

余芒原本以为一见面便可欣赏到文思慧的美目盼兮，巧笑倩兮，谁知思慧已经成为植物人。

余芒忍无可忍，悲不可抑，哭出声来。

看护连忙过来，低声劝慰。

文太太的面孔向着墙角，不让别人看到她的表情。

过半晌，余芒自觉已经哭肿了眼，才尽量控制住情绪，但不知怎的，眼泪完全不听使唤，滔滔不绝自眼眶挤出来，余芒长了这么大，要到这一天这一刻，才知道什么叫作悲从中来。

她那颤抖的手伸过去轻轻抚摸思慧的鬓角，醒醒，思慧，醒醒。

思慧当然动都没有动。

呵，世上一切喜怒哀乐嗔贪痴恨妒都与她没有关系了，伊人悠然无知地躺着长睡，她的心是否有喜乐有平安？

这个时候，另外有人推门进来。

余芒抬起泪眼，看到于世保。

世保见她在，也是一怔，双目陡然发红，鼻子一酸，他不想在人前失态，急急退出房去。

文太太低声叹息："你去安慰他几句。"

余芒还不肯放下思慧的手。

"去，哭瞎了也没有用。"

余芒轻轻吻一下思慧的手，放下它。

就在这个时候，余芒听到银铃似的一声笑，她猛地抬头，谁？

然后颓然低下头，此地只有伤心人，恐怕笑声只是她耳鸣。

于世保站在会客室，呆视长窗外的风景，余芒向他走去，两人不约而同拥抱对方，希企借助对方的力量，振作起来。

余芒把脸伏在他胸膛上。

“不要伤心，不要伤心。”世保语气悲哀，一点说服力都没有。

余芒抬起了头哀问：“到底发生了什么事？”

“靠仪器维生已有半年，医生说毫无希望。”

“由什么引起？”

世保一时无法交代。

他把余芒拉到一角坐下，把她的两只手按在双颊上，过一会儿，才苦涩地说：“我每天都来看她。”

余芒心如刀割。

“这是对我的惩罚，思慧在生时我并无好好待她。”

“慢着，”余芒说，“医学上来说，思慧仍然生存。”

“但是她不会睁眼，不能移动，不再说话。”

“但仍然生存。”

“医生说她可能睡上三十年。”

余芒难过得一阵晕眩。

过一会儿她说：“世保，活着的人总要活下去，思慧有知，必不想我们成日哀悼。”

“这也是我的想法，可是你别在许仲开面前提起，他会要我们的狗命。”

余芒温和地说：“你误会仲开了。”

“你同思慧老是帮着他。”

他俩不知这时仲开已经站在后面，把两人的话全部听在耳内。

一时仲开不知身在何处，百般滋味齐齐涌上心头，帮他有什么用，得到她们的总是于世保。

他一时想不开，转头就走。

却被文太太叫住。

余芒这才发觉仲开也来了。

文太太伸手招他们：“来，你们都跟我来。”

三个年轻人听话地跟文太太离去。

车子直驶往香岛道三号。

文太太的行李已经收拾好，堆在楼梯口，她招呼年轻人坐下。

大家静默一会儿，文太太先开口：“我后天就要走了。”

他们不语。

“我有我的家庭，我有其他责任，或许你们会想，这个母亲，是什么样的母亲，一生之中，总抽不出时间给思慧，但是，我不想解释，亦不欲辩白，更不求宽恕。”

世保率先说：“阿姨，我了解你的情况。”

文太太眼睛看着远处，苦苦地笑。

仲开也跟着说：“这里有我们，你放心。”

“我要你们答应我一件事。”

“阿姨请说。”

“不要重蹈覆辙，我知道你们两人都喜欢余芒，请让余芒做出选择。”

世保与仲开两人面面相觑。

余芒则烧红了耳朵。

文太太轻轻说：“落选一方不得纠缠。”

世保与仲开一脸惭愧。

文太太又看着余芒：“你，做出选择之后不得反悔，以免造成三人不可弥补的痛苦。”

余芒按住胸口，十分震惊。

文太太吁出一口气："余芒，你同我说，你是否与思慧有心灵感应？"

仲开与世保啊地一声。

余芒怔怔地，她抬起头想一会儿，又低下头："有，她的若干记忆片段，像是闯入我的脑海，成为我思维的一部分。"

"我也怀疑是这样，"文太太握住余芒的手，"可是，这又怎么可能？"

余芒据实说："我也无法解释。"

"你们有什么共同点？"

"有，我们都叫迷迭香。"

文太太露出一丝微笑："我们先叫她露斯马利，然后在三岁才替她取思慧这个名字。"

余芒又考虑一会儿才说："或许，思慧的思维到处游离，遇见了我。"

文太太摇摇头："太玄了。"

余芒不再言语。

但是她肯定这类事情发生过，整部《聊斋》里都是倩女离魂的记载，不外是一个女孩的脑电波与另一女孩的思维接触。

余芒只是不便说出来。

文太太说：“或许你愿意到思慧房中看看。”

不用看余芒也知道里头是什么情形，但还是随文太太上楼。

果然不出所料，房间虽然不小，但琐碎收藏品实在太多，几乎无地容身，历年来的玩具、纪念品、香水瓶子、饰物，都挤在房内。

余芒恻然，思慧真是红尘中痴人，这许多身外物，要来做甚？

窗下有一只画架，一幅速写搁在架上尚未除下，余芒过去一看，苦笑起来，画风、签名，都同她的近作一模一样，地下一角堆着累累颜料画笔。

余芒忍不住拉开衣柜，只见一橱缤纷，思慧是个颜色女郎。

她跌坐思慧床上。

这里似她的家，又不是她的家，像住了一辈子，又根本没来过。

可惜方侨生医生不知道有这样的事，否则借题发挥，她可以写成博士论文。

该刹那，余芒有一种迷惑，不知道是她变成了文思慧，还是文思慧变成了她。

她坐下来，用手托住头。

思慧的两个表兄也上来了，只觉余芒这个神情这个姿势，看上去，十足十，也就是思慧。

余芒无助地抬起头来。

她绝对需要休息，只有在精神十足之时，才可以整理出头绪来。

“我想回家。”

文太太叹息：“仲开，世保，送一送余芒。”

世保一贯力争上游：“我来。”

余芒忽然哀求：“不要争了，不要再争，我情愿你们两人一起消失。”

世保与仲开退开一步，他们曾经听过思慧发表这样厌倦的声明，今日，又自余芒口中说出来。

仲开先哽咽失声，同文太太说："阿姨我先走一步。"他不想女方再次为难。

难得的是于世保也决定一改他那不甘后人的作风，轻轻说："余芒那你好好休息。"竟转身去了。

文太太见历史似要重现，发一会儿呆，才对余芒说："我叫车夫送你。"

余芒乐得图个清静。

归途中她在车子后座厢倦极入睡，自从爱上电影之后，睡眠便已变成最最奢侈之物，余芒视之为一种奖励品，只有在极端失望沮丧痛苦彷徨之时，才发放一点点，让自己尝一尝甜头。

不可惯坏自己，干文艺工作的人，不刻薄自身，一下子便遭群众刻薄。

司机在倒后镜内看到女客俏丽的脸往后仰，星眸微闭，睡得香甜，不禁也勾起回忆。

以前，文家大小姐也老这样，整天在外头跑，回家换件衣服又再出来赶另外一个场子，专门爱在车中小睡一会儿，可能那也是她唯一休息的时候。

莫非，老司机想，现在的年轻女郎通通视睡如死。

他听说大小姐已经病入膏肓，年纪轻轻，不知叫人怎么难过才好，他也叹息一声。

到达目的地，女客还没有醒，他呼唤她。

余芒抬起头，睁开眼，嫣然一笑："阿佳，谢谢你。"她完全知道老司机叫什么名字。

阿佳倒是呆住了。

余芒回到家，捧着浮肿的脸，侵入冰水，然后蹒跚爬上床，喃喃道："思慧，思慧，请入梦来。"

思慧并没有那样做。

思慧也在睡觉，分别只在余芒睡得短一点，思慧睡得长一点。

睡得短一点的那个醒来时已是清晨。

她伸个懒腰，叹声好睡好睡。

迷迭香

肆·

经过多少不为人知的危机，
未曾呻出来的艰难，
她的意志与妖魔鬼怪一般坚强，
她的国度同样宽阔，没有人可以控制她。

电话铃响，对方是方侨生。

余芒几乎没苦苦哀求老友回来听她说故事。

侨生声音仍然甜蜜似做梦：“余芒，我想我的归期将无限期押后。”

“那我对谁倾诉心事？”

“你的编剧。”

“真正是提醒梦中人。”

“你那边的剧情进展如何？”

“余芒，我想我会考虑结婚。”

哗，这样刺激，拍成电影，观众会怪叫太像做戏，不似人生，可见人生往往比戏文精彩。

“你的祖师爷弗洛伊德对婚姻看法如何呢？”

“我没问过他。”侨生又似小女孩似咯咯笑。

谁听得懂恋爱中的人的言语才是怪事。

“余芒，你没有怎么样吧？”

“你才不关心我是否崩溃碎成亿万片。”

那边沉默三秒钟然后说：“是，你说得很对。”

两个女孩子爽脆地挂断电话。

天蒙蒙亮小薛就上来找。

“早。”真是早。

不用讲她昨天都没睡过，熬通宵。

因为年轻，创作欲望似一团燃烧的火无法熄灭，并不疲倦。

余芒说：“请坐，你来得好，我们可能会找到结局中的结局。”

“快告诉我，我等不及了。”

“我们说到……”

小薛急急接上：“她希望可以同时爱两个，但那两人不愿同时被爱。”

“是的，”余芒抬起头想一会儿，“他们离她而去，她失却所有，她沉迷酒色与麻醉剂，夜夜笙歌，天一黑，便换上裸露的紫色缎子跳舞裙外出游览，黑眼圈，红嘴唇，日益沉沦，一朵尚未开就萎靡的花。”

小薛痴痴地听着。

“然后，悲剧终于发生。”

“怎么样，什么事？”

“一个没有月亮的晚上，她再也找不到玩伴，喝得很醉，在檐篷下，仿佛看到旧爱在荼蘼架那一边招她。”

小薛的皮肤上爬起鸡皮疙瘩来。

“她迂回地走过去找他，那时开始下毛毛雨，她一脚踏空，掉进泳池里。”

“不！”小薛站起来，“太残忍了，我不接受这个结局，她罪不至此。”

“我还没有说完。”

“不，我不会写这个结局。”小薛扔掉笔站起来。

“我一定要你写。”

“为什么？艺术的要旨是真、善、美，这种结局既不真又不善更不美。”

余芒阴恻恻地说：“我可以告诉你，这个故事是真的。”

“是你的故事吗，导演？你醉酒掉到泳池里却没有溺死？”小薛根本不是省油的灯。

“她获救了。”

“然后呢？”似挑战般问。

“但是脑部欠氧死亡。”

小薛非常反感，恶心地说：“何必给她一个最最凄惨的命运。”

余芒轻轻地说：“或许我忌妒她有两个那么好的情人。”

“你是她的创造者，”小薛大惑不解，“却忌妒她的命运？”

余芒轻轻说：“你一定听过一句话，叫遭造物所忌。”

小薛发呆，原来一切都没有新意，原来是有这样的事，过许久许久，小薛大胆坚持：“我仍不喜欢这种结局。”

“那你写一个更好的给我。”

“我会尝试。”

“相信我，你做不到，因为假不敌真。”

“但不善，亦不美。”

“可能不善，但并非不美，你仔细想想。”

小薛想真了：“是一种变态妖异不正常的美。”

“对，他们失却了一切，没有人得到任何人。”

“太令人难过，导演，也许，结局后的结局，还有结局。”讲完了连她自己都呻吟一声。

余芒盘腿坐在地上。

是的，还有下文。

小薛拾回地上的笔，忽然说：“这件事渐渐过去，在人们心头淡忘，但是有一天，那两个男生无意发现一个女孩，同他们过去的情人相似得不得了，他俩的心头又活络起来，急急追上去，想借她弥补失去的爱……”

余芒脑袋嗡地一声，虽不中亦不远矣。

“那个时候，二十世纪五十年代已经来临，战争早已结束，天下升平，人们若无其事地吃喝玩乐，听更热的音乐，跳更劲的舞步，有什么是值得永记不忘的？没有，活着的必须活下去。”

余芒看着编剧：“你比我更毒辣。”

小薛抗议：“我有苦衷，我要把故事写完，你不用。”

这是事实。

余芒说："我们还有时间，你且写到此处。"

小薛问："故事是真的？"

"这确是我一个熟人的故事。"

"多可怕的遭遇。"

余芒用了文太太的句子："有些痛苦，超乎你我想象。"

"会不会是庸人自扰？"小薛疑惑，"过分沉沦于情欲，看不到世上还有其他人其他事。"

"可是，或者当事人受命运逼使，非这样做不可。"

小薛点点头："否则没有那么多故事可写。"

不幸的是，思慧无须为票房担心，不必找投资者筹拍下一部新片，不用协助编剧撰写下一个剧本，也不用担心可否请得到当红花旦与小生。

所以思慧一股脑儿，独门心思地沉沦。

余芒对小薛说："来，我们转一转环境，出去喝杯咖啡。"

无巧就不成书了。

一找到位子，就碰到熟人，余芒的前度编剧章女士发现导演，老实不客气过来拉开椅子坐下。

如有选择，余芒情愿碰到前夫。

章女士当小薛不存在，双眼瞪住余芒：“听说你在搞情欲篇。”

“没有这种事。”余芒表面若无其事，内心如坐针毡。

余芒后悔没穿雨衣，章女士如用咖啡淋她，避都避不过。

“无论做什么，余芒，我都希望你的电影死翘翘。”

余芒忍不住：“会吗？下一个戏又不是你写的。”

“没有我你死定了。”

“彼此彼此。”

四只眼睛像是就要发出伽马射线来杀死对方。

半晌余芒想起来：“不是已经结婚了吗，怎么还有空泡茶座？”

章女士顿时泄气，沮丧地说：“原来结了婚人会笨，一个字也写不出来，早知不结还好。”

余芒刹那间不再恼怒，忍住笑，安慰旧友：“不怕不怕，蜜月过后，一切如常。”

“你还会用我吗？”章女士问。

余芒温和地说：“是给新人机会的时候了，我们迟早要退位让贤，给你做一辈子也太辛苦。”

章女士发半日呆，居然没有动武，退归原位。

她走开之后，小薛才含蓄地问：“成功会使一个人狂妄？”

“不，”余芒回答，“肤浅使一个人狂妄。”

“狂妄招致一个人失败吗？”

“不，江郎才尽，无利用价值之时，才走入失败之路。”

小薛长长吁出一口气。

社会真正现实了，人缘好不好，脾气臭不臭，私生活是否糜烂，无关宗旨。

如有利用价值，即可在社会挂上头牌。

有无涵养，只是个人修养问题。

有几个编剧，会因他是好好先生而被录用。

余芒问小薛：“你是否立志要红？”

“没有，”小薛坦诚回答，“凡事瞒不过您老的法眼，我只是喜欢写。”

余芒笑笑，听说小薛持比较文学文凭，写不成也可以去教书。

最终不知哪一个善长仁翁会得捐一所义学来收容这一

班心不在焉的教师。

制片小林同副导小张找上来。

“片子下来了，这是总收入，还不算太难看。”

余芒遗憾：“几时要求降得这么低，不患疮癣疥癞已算好看。”

大家无奈。

过一会儿小林又说：“东南亚那边会陆续上演，他们对这个数字亦感满意。”

余芒笑：“又渡过一个难关。”

小林说：“老板看过新剧本大纲，说是好得不得了，非常喜欢，叫你加油努力。”

这也算是雪中送炭了。

小林又说：“开头我还心虚，觉得题材太过偏僻，可见是庸人自扰，现在可以放胆去马[1]，成败得失，还待事成之后再讲。”

余芒抬起头来笑道：“散会。”

---

[1] 去马：粤语，即下定决心做某事。

小林这才看见导演用了一种极其鲜艳的口红，衬得一张脸出奇妩媚。

毫无疑问，她在恋爱中。

所以做的事，说的话，都脱出常轨。

真好，但愿大家都有这样的机会。

多年来，他们这组人营造气氛，制造机会，让剧中人痴痴堕入情网，很多时，环境太过逼真，弄假成真，男女主角离开了现场，继续爱得一塌糊涂，不能自已。

但幕后工作者却从来没有爱之良机。

希望导演起带头作用。

编剧却对副导笑说：“我情愿指挥人家去爱，比较不伤脾胃。”咕咕地笑。

“可是，你也不会有切身享受。”

“那么，切肤之痛又怎么个算法？”

笑声与争执均越去越远。

余芒刚想走，有人把一只手放在她肩膀上。

她抬起头来，那身时髦漂亮的衣服，无懈可击的首饰配搭，以及那张标致的面孔，都告诉她，于世真来了。

“世真。”余芒热情地握住她的手。

世真说：“真羡慕你有那么一大堆谈得来的同事，适才我在一旁看得神往。”

余芒只是笑。

“你真能干，已经稳固地建立了个人事业，名闻天下，你看我，比你小不了三两岁，只会吃喝玩乐。”

余芒转为骇笑：“我可是劳动阶级。”她提醒世真。

世真十分向往：“多好，自己赚的每粒米都是香的。”

余芒为之绝倒，世真不知道她们食不下咽的时候居多。

“你取笑我，”世真嗔曰，“不睬你。”

“我们活在两个世界里呢，世真。”

“真夸张。”世真坐下来。

余芒也不同她分辩，一味笑。

世真忽然单刀直入：“世保在追求你吧？”

余芒一怔。

“我希望他成功。”

余芒既出名，又有才华，人也好，世真渴望有这个嫂子，人人都看得出她高过世保，水往低流，世保会有得益。

“世保不是不想结婚，”世真代做说客，“只是没有合适的人。”

余芒不语。

“听说你已见过思慧。”

余芒说：“思慧同世保才是一对。”

世真脸上露出大大不以为然的神色，按情理，思慧已不能为自己辩护，任何人都不应该讲她闲话，但世真忍不住说一句：“思慧太爱见异思迁，她早已扔掉世保。”

是，思慧想回到仲开身边。

世真的声音转为苦涩：“如果不是思慧，我早已过着幸福的婚姻生活。”

余芒猛地抬起头来，哎呀呀，剧本里原来少掉一个角色，怪不得稍欠风骚，不行不行，非叫小薛把世真给加上去不可。

双生双旦，倍添热闹，一定要把新的发展记下来。

余芒脱口说：“仲开的确能够提供一个温暖的家庭。”

轮到世真发呆：“仲开，许仲开？”

世上难道还有第二个仲开。

“我对仲开，一直像对哥哥一样。”

什么？

呵，余芒受了震荡，另外还有人。

“余芒，告诉我，难道你喜欢仲开？”真替世保抱不平。

“不不不不不。”余芒差点没昏了头。

她一直以为做导演必须文武双全，才华盖世才能应付得头头是道，到今日，才了解到多角恋爱原来需要更大的魄力，她光是听已经觉得吃不消。

世真的双眼看向远处：“思慧自我手中把他抢走。”语气非常幽怨。

余芒张大了嘴，好久合不拢。

但世真很快恢复常态，笑起来：“难怪你揶揄我们，是该如此，比起有宗旨有拼劲的你，我们确似无主孤魂。”

“呵，世真，你误会可大了，我想都不敢这样想。”

“你看你，”世真十分仰慕，“这么出名，还这般谦逊。”

余芒汗颜。

“答应我，给世保一个机会。”

余芒笑，亲切地握住世真的手：“世保不会喜欢我这样的女子，我最多不过是一个劳动模范。”余芒侧头想一想：“世保与仲开所要的，却是美丽的玫瑰花。”

世真的反应十分迅速，她夷然说：“文思慧也算一枝花？”

很明显，她与思慧不和，标致的女孩子们很少会成为良朋知己。

余芒说：“我要先走一步，听说老板嫌我下一部戏的预算太贵，要割二十个巴仙[1]，我要去舌战奸商，这比割我脚趾更惨。”

说罢余芒匆匆离去。

世真已经触动心事。

她真心艳羡余芒：每一个地方都有一堆人等着导演，余芒是灵魂，否则群雄无首。余芒的工作能力战胜一切：外形、性格、家势、财富、年龄，通通在她的才华对比下黯然失色，不值一提，文思慧或于世真永远无法拥有余芒那一份潇洒与自信。

---

[1] 巴仙：percent，即百分比。

社会没有忘记爱才。

世真伏在咖啡桌上。

她嘲弄地撇撇嘴，年纪越大，逛茶室的时间就越长，脖子上首饰的分量也越重，心灵相对空虚。

她怀念那个年轻人，他同余芒一样，来自劳动阶层，至今，想起他的时候，世真的心仍然温柔。

余芒所拥有的一切，说是用血换来，恐怕太刺激可怕夸张一点，但讲是力气汗水的酬劳，却最实在不过。

与老板谈判，要不卑不亢，坚守底线，不过亦要懂得做出适当让步，千万不可把事情闹僵，即使辱了命，不欢而散，还得留个余地，他日道上好再相见。

几个回合下来，余芒已经汗流浃背。

劳资双方各退一步，海阔天空。

出来的时候，余芒抬头看蓝天白云，恍如隔世。

老板们通通是天下最奇怪的动物，不是不喜欢欣赏重视这个伙计，但是，一定还要克扣他，不是这样脾气，大约做不成老板。

余芒不怪一些行家每天到了下午三点，已经要喝酒松弛神经，否则的话，说话结巴，双手颤抖，这一行，是非人生活。

她也要松一松。

先回到家把新的大纲写出来。

然后余芒叫车到疗养院去。

看护记得她，让她进房看文思慧。

思慧的表情仍然那么恬淡平静，嘴角隐隐约约还似孕育着一朵微笑。

余芒轻不可闻地问：“没有痛苦？”

看护摇摇头。

“有没有醒来的机会？”

“不能说没有，亿兆分之一也是机会。”

“我读过新闻，有病人昏迷十年后终于醒来。”

看护不予置评，微笑着退至一角。

余芒握着思慧的手，将之贴在额前。

思慧思慧，我可以为你做什么？你为何呼召我？

余芒叹一口气。

日常工作，已经把我治得九死一生，思慧，你看你，不再有烦恼，不再觉得痛苦，世人说不定会羡慕你。

思慧没有回答，余芒亦自觉太过悲观，没有再朝这条线想下去。

她在思慧耳边悄悄说："醒来，我们一齐逛街喝茶，弹劾男性，你来看我拍戏，我把导演椅子让给你坐，你把你的经验告诉我，我把我的经验告诉你，只有你醒来我俩才可合作。"

思慧分文不动。

"叫这些管子绑住在病床多么划不来，振作一点，思慧。"

白衣天使在一角听到余芒的话，有些感动。

病人的母亲每次来只是暗暗垂泪，她于昨天已经离开本市，表示放弃。

"你爱听谁讲话？思慧，我叫世保来可好？"余芒停了一停，"呵，对，世保已经天天来，我忘了。"

看护轻轻咳嗽一声。

余芒抬起头来。

"他才没有天天来。"

这家伙，无情偏做有情状。

许仲开呢，他不会令人失望吧？

“另外一位许先生在下班的时候会顺路上来看她。”

余芒无言。

“病人多数寂寞，”看护有感而发，“不会讲不会笑，哪里还有朋友？所以说健康最重要。”

文思慧已没有半点利用价值了。

可是余芒却觉得与她说话，最适意不过，都会人早已学会自言自语，感情埋在心底，思慧没有反应不要紧，最低限度也不会伤害任何人。

“这种例子我看得多了，”看护感喟地说，“终有一天，你们都会忘记她。”

余芒并不敢站起来拍胸膛说她有情有义，永恒不变。

忙起来，她连探访生母的时间都没有。

有一日她听见母亲幽默地同亲戚诉苦：“你们在报上读到余芒得奖的消息？我也是看娱乐版才知道的。”

余芒又比于世保好多少？

“可我知道有一个人不会忘记文思慧。”看护忽然说。

“谁？”

看护走到窗畔，往下指一指："这个年轻人。"

呵，是他，呼之欲出。

余芒轻轻放下思慧的手，同思慧关照一声："我去看看就回。"

那年轻人独坐花圃长凳上，背着她们，看不到面孔。

"他是谁？"

看护摇头，每天风雨不改，他等所有人离去，才上病房看文思慧，看护开头十分警惕，不愿他久留，半年过后，被他感动，让他成为病房常客。

可是即使是他，迟早也得结婚生子生活正常化，渐渐变得心有余而力不足。

"我下去同他说几句话。"

"何必呢，让他清清静静，岂非更好。"看护温言提醒。

是，余芒羞愧，思慧，我又托大[1]了。

门一响，进来的是仲开。

"余芒你真是有心人。"

---

[1] 托大：意为大意或倨傲自尊。

余芒苦笑，有心无力，管什么用。

她说："思慧很好，思慧没事，睡得香甜。"

三更看护轮流陪着她睡觉，这笔费用，非同小可。

仲开似明白余芒的想法，轻轻说："她父亲负责所有开销。"

"文老先生人在何处？"余芒颇多抱怨。

仲开讶异，老先生？文叔才四十余岁，正在波拉波拉度第三次蜜月，新太太绝对比他们任何一个人年轻。

余芒察看仲开的眼神就明白八九分。

她稍后说："家父只是名公务员，可是家父爱我。"

"你很幸运。"

余芒答："我一直知道。"

仲开俯身轻轻吻思慧额角。

余芒多多多希望思慧会像童话中女主角般动动睫毛睁开眼睛苏醒过来。

但是没有，余芒只得与仲开一起离去。

走过花圃，余芒看一看那个青年坐过的位子，长凳已空。

仲开送余芒回家。

“你已决定疏远我们，你怕蹈思慧覆辙。”仲开轻说。

这误会可深长了：“仲开，一朝朋友，终身朋友。”

“你对世保也这么说？”

“不要再与世保竞争。”他也是失败者。

仲开沉默。

“告诉我，要是你愿意的话，思慧为何昏迷不醒。”

仲开吃惊：“你还不知道？”

“没人告诉过我。”

“你有权晓得。”

仲开不知如何把事情平静地和盘托出，他要整理一下措辞。想一会儿，他决定单刀直入，便说：“思慧吸食麻醉剂。”

余芒耳畔咚地一声。

为什么，为什么？她握着拳头，要风得风、拥有一切的女孩居然要借助这种丑陋的东西。

“思慧心灵空虚。”

呲，这是余芒所听过最坏的借口之一，其余的有“我妻子不了解我”“她贪慕虚荣才离开我”“三十年来我怀才不遇”之类。

“余芒，你不会明白她的心情，你比她幸福，你早找到了你的合法麻醉剂，可以终身吸食。”

余芒先是一怔，随即明白，马上汗颜，是，电影便是她上了瘾，无法戒除，不愿放弃的心头之好。

“每天早上起床，你知道要往哪里去，该做些什么事，这便是最佳精神寄托。”

余芒微笑，这么说来，思慧简直可怜得不得了，物质太丰足，不必找生活，反而害了她。

可是有许多女性做名媛不知做得多过瘾，一三五到派对，四五六打麻将，周末试时装，暑假去欧洲，冬季往珊瑚岛，一生没有事业也并没有听说谁不耐烦得生了痱子。

思慧不幸不是她们之一，思慧是离了群的小羊，思慧完全不懂得处理生活，思慧错在没有利用她拥有的物质来克服她欠缺的感情生活。

人人都得看清楚手上的牌然后像赌十三张似的将之编好掷出以图赢得幸福。

花点心思，或许尚能险胜，或幸保不失，思慧却不是一个好赌徒，她一心一意要张黑桃爱司[1]，只不过独欠父母的呵护而已，得不到便全盘放弃，不再玩下去。

余芒自问没有这样笨。

经过多少不为人知的危机，未曾呻出来的艰难，她的意志与妖魔鬼怪一般坚强，她的国度同样宽阔，没有人可以控制她。

她静静听仲开讲下去："思慧也尝试戒过好几次，没有成功，这也导致我们远离她。"

余芒喃喃说："呀，瘾君子。"

"是，到了要紧关头，思慧便闭紧双眼擤鼻子，全身抽搐，瞳孔放大。"

即使在满意的时候，也同常人有异，神情遥远，灵魂像是已经去到另外一个世界，反应迟钝，无法与她交流。

唤多声思慧，她才会缓缓转过身子，慢慢睁开一双眼睛，像是看到什么七彩缤纷的奇景，嘴角露出欢欣的笑意来，诡怪莫名。

---

[1] 黑桃爱司：即黑桃 A。

中毒日深，极之可怕，亲友渐渐背弃思慧。

于世真说得对，文思慧并不是一枝花。

仲开的声音出乎意料的平静：“然后，有一天，我们听到思慧昏迷的消息。”

仲开垂下头。

余芒有一肚子愤慨的话要对文思慧说，此刻她只能大力敲一下桌子作为发泄。

“现在你什么都知道了。”

余芒思想缜密：“谁最先发现思慧，谁送她进医院，谁通知你们？”

仲开瞠目结舌，他一竟疏忽了这些问题。

余芒心中已经有数：“不会是警察吧？”

“不，不是警方。”

那是她真正的朋友。

仲开问：“那会是谁？”

“一个不认为思慧已经没有救的人。”

仲开别转面孔。

余芒拍拍他肩膀：“别责怪自己，是思慧先拒绝你，你不应有任何内疚。”

仲开抬起头来，泪盈于睫。

“释放你自己，仲开，前面的路起码还要走三十年。”

仲开紧紧拥抱余芒：“你是我真心想得到的女伴。”

这不过是刹那感动导致的短暂情意。

余芒安慰他：“别心急，到处看看，小心浏览，一定有更好的。”

她把激动的仲开送走。

活泼的小薛在大门口碰见他，同导演挤挤眼：“那是二号，一号还有没有继续努力？”

“快坐下来，有事要做。”

“我不是来做事的，我来交稿。”

“小薛，我想加两个角色。”

此言一出，室内一片死寂。

余芒坚持与编剧对峙，只要有一点点软化退缩，本子就不能精益求精。

过了约十来分钟，小薛咬牙切齿地说：“你欺侮我是新人。”

“胡说，我从来不做这样的事。”

“那么，你一贯有谋杀编剧的嗜好。”

“可能。”

“在这种时候加两个角色？亏你说得出口，那等于把本子重写，我不干。”

余芒诚恳地说：“小薛，你会喜欢的，这是新大纲，你且拿去看看。”

小薛把头晃得似一只摇鼓：“今日把这两位仁兄仁姐加进去，明天又有别人想到故事里去凑热闹，这样子一辈子无法定稿，我投降，我不玩了。”

小薛站起来开门走。

余芒追出去：“给我一次机会。”一边把两页新大纲塞进小薛口袋里。

小薛忽然说：“我忽然不再讨厌我的前辈章女士了。”

换句话说，小薛此刻掉转头痛恨余女士。

“薛阮，明天给我答复。”

小薛头也不回地走了。

余芒两边太阳穴痛得会跳。

如果她有时间，她会亲自执笔。

假使她写得一手好稿，她才不求人。

美术指导小刘来救了她。

余芒正在服止痛药，听到门铃，连忙开门，先看到一堆衣服，再看到捧着衣服的小刘。

包袱打开来，余芒忍不住咽一口涎沫，太美了，美得令人无法置信，这便是云想的衣裳花想的容，爱美是女人的天性，余芒忍不住把霓裳拥在怀中一会儿。

真正难为小刘，不知怎么逼服装做出来。

她们把美服一件件摊开欣赏，呜呼咿唏噢哟哎呀之声不绝。

余芒额角疼痛渐渐褪去，心情缓缓平复。

总有补偿。

“导演不如也穿上试试。”

余芒笑着摇摇头，凡事量力，多年来她致力的并非美貌或夺目，一个人的时间用在何处是看得见的，智能无穷无极，青春艳丽则有尽头。余芒第一部片子的女主角早已结婚生子，销声匿迹，余芒现今执导的电影却仍然备受欢迎。

她并不想改变路线。

穿上不合身份的衣裳烦恼无穷。

方侨生同她说过，按着心理学演绎，那种九厘米高跟鞋便是造成女性堕落的主要道具之一。

爱那种鞋，就得配相衬的女性化华服，添一个靓妆，再也不能上公共交通工具，于是乎非得出尽手段去觅取大车司机，因没有免费午餐，所以得付出庞大代价来换……

“不！”余芒说，“我们黏住牛仔布懒佬鞋，什么事都没有。”

小刘笑着把捆金线镶珠管的轻烟软罗衣一件件慢慢折好，放一边。

再陪导演喝一杯浓浓普洱茶，谈一会儿细节，才告辞回家。

余芒已经恢复镇静。

工作忙的时候，一日很长很长，异常经用，但时间过得好快好快，一点不闷。

游手好闲，则刚刚相反，时间过得老慢老慢，日子却毫无意义地自指缝溜走，最划不来。

第二天一早，门缝有一封信。

谁，于世保还是许仲开，怎么还会有此雅兴传字条？

余芒拾起信封拆启一看，原来是小薛阮的手笔："读过新大纲，整个故事的确完全改观，决定改写，请予三天时间。"

余芒放下心头一颗大石。

把编剧的墨宝当情信般拥在胸前，深深叹息，然后再往下看。

"但是，真人真事，会不会有欠道德？"

余芒一呆，这故事的大部分由一个迷迭香转告另一个迷迭香，细节则由她本人勤奋发掘而来，有何不可？

余芒没有内疚。

过得了自己那一关，也就是过了关。

这是一个略为清寒的早晨，余芒很愿意回到被窝里去，但是案头有许多账单要清，她试过外景归来电源被截的惨事，之后怕得要死，绝对不敢拖欠。

电灯公司才不会因为谁是得奖导演而网开一面，一律截无赦。

余芒把自欧洲得来的银质奖牌取出细细欣赏抚摸。

喃喃自语道："也只有我和你了。"

伸一个懒腰，打几个哈欠，努力俗世事。

揉一揉眼，闭上休息一下，忽然看到一条小石子路，十分迂回曲折，不知通向哪个幽静地。

余芒吓一跳，连忙睁开眼睛，小径景色便似影片停格似的留在她脑海中。

余芒脱口而出："思慧，你有事告诉我？"

她闭上眼，又如置身曲径，好像亲自握着手提摄影机，画面随步伐微微震动，十分写实。

究竟身在何处？

忽然走到栏杆边，往下看，是碧蓝的海。

思慧爱海。

画面到此为止。

余芒扔下支票簿，跳到一角，用炭笔把刚才所见诸景一幅幅描绘下来。

这是什么地方，对思慧是否重要？

思慧，请多给一点提示。

但余芒自问倔强固执，很难接受他人意见，这个性格特征可在硬而贴的双耳看出，所以也许思慧想努力与她接触而效果不佳。

余芒看着天花板问：“思慧，你要我到这个地方去见一个人是不是？”

方侨生医生不在有不在的好处，否则看见此情此景，恐怕会建议余芒进疗养院。

于世保前来探望，大盒巧克力，大蓬鲜花。

余芒急急把他拉进门来，世保受宠若惊。

余芒拆开糖盒，挑一颗糖心草莓，塞进嘴里，嗯地一声，顺手把世保大力按在沙发里，把速写交到他手中。

“告诉我，这是什么地方。”

世保疑惑地看着余芒，她无疑是个可爱的女子，但如果说她像足思慧，实在言过其实，开头怎么样起的误会，已不可稽考。

世保看着速写：“你自何处得到思慧的作品？”

“你别管，你看，栏杆上有希腊式回纹，似你这般见识多广，无远弗届的大能人士，过目不忘，一定见过这个地方。”

世保笑：“这肯定是科技大学工程学院建筑的一部分。”

“佩服佩服，愿闻其详。”

“整所工学院的栏杆都是这个设计。”

余芒会心微笑，世保何以在该处泡得烂熟，司马昭之心，路人皆知。

余芒闲闲问：“工学院有美女吗？”

世保说溜了嘴：“怎么没有……”立刻知道上当，捂住嘴巴。

余芒摇着头：“啧啧啧啧啧。”

世保索性笑着说下去：“都还不及余导演潇洒漂亮。”

“世保，老朋友了，不要客气。”

“我是真心的，你只要吹一下口哨，我马上躺下来。”

“你同我好好坐着，不许动。”

世保见她不停大块吃糖，又同思慧一个习惯。

疑幻疑真，不知她像思慧，抑或思慧像她。

这时候，余芒拍着他的手说：“世保我有一个请求。”

“我知道，你想我跪下。”他笑了。

“不，世保，我想与你商量一件事，可否你开思慧的车的时候，不要接载其他女性。”

这等于叫他不要用那辆车。

世保怔住，默然垂首，点头：“你说得对，她会介意。”

“我想每个女性都会不悦，掉过头来，每个男性也会为此抗议，世保，己所不欲，勿施于人。”

“遵命。”

余芒很高兴。

过一会儿于世保说：“世真说你会成为每一个人的好朋友，现在我相信了。”

余芒抬起头。

“我爱你。”

余芒马上听出那不是狭义的爱，非常满意，立刻答道：“谢谢你。”

归根究底，原来他不是一匹狼，抑或，他是披上羊皮的狼？

世保笑起来，露出雪白牙齿，比狼诱惑得多，余芒佩服自己的定力。

“尽管如此，我们仍然可以去喝香槟跳慢舞。”世保伸出双手去握余芒的腰。

这一次不对劲，余芒穿着宽大厚身的球衣，上面写着“不成名，毋宁死”六个夸张大字，世保几乎不知道她的腰身在何处，过一会儿，他无奈地改变态度，用手搭住余芒的肩膀，喃喃道：“有时间的话，打壁球也可以。”只得退而求其次。

余芒把世保送出门去。

她不是不喜欢他，这样英俊的派头男士，同他亮相，罩得住，有面子，但是余芒负担不起。

方侨生医生语录之一：男人分两种，一种坏，另外一种要贴身服侍，世上没有好男人这回事。

两种都叫余芒吃不消。

不过看得这样透彻的方医生此刻自身难保。

余芒动身到工程学院去，她想知得更多。

学院背山面海，风景瑰丽。

不消多久，余芒便找到那道栏杆。

她独自倚栏抬起头问：“思慧，现在又怎么样？”

然后静静等待这特殊的心灵感应为她带来下文，现在，知道得最多的人不是故事里任何一个角色，而是余芒。

半晌不见回音，她转过身子，小径另一边是幢五层楼高的建筑物，每一户都拥有宽大露台，一看就知道是高级职员宿舍。

余芒信步走过去。

一只皮球滚过来。

余芒顺手拾起，球的主人是一个五六岁小男孩。

孩子抬起头：“阿姨请把球还我。”

余芒笑笑把球交出。

小男孩问：“阿姨你也来画画？”

余芒立刻听出苗头来，不动声色，点点头，成年人是好的多。

“你也认识张叔叔？”

余芒只是笑，她已经知道，这个重要的角色姓张。

小男孩奔远，余芒缓缓走近宿舍，见杂工淋花，因问：“张先生住哪一间？”

杂工以为她是女生之一，笑问："老张还是小张？"

"年轻的张先生。"

"张教授住三楼甲座，今天下午没课，出去了。"

余芒道谢。

她赶下一班火车回到市区。

余芒是导演，擅于安排情节，这位工程学院的张教授，究竟在什么时间在文思慧的生命中出现？

他是思慧的一个秘密。

文太太、许仲开、于世保，均不知道有这么一个人。

唯一的线索自世真而来。

假设世真比思慧认识他在先，然后介绍他给思慧，然后他眼中只剩思慧，至此思慧也不再看得到别人。

感情在哪个阶段发生？

彼时仲开与世保已双双放弃思慧，也不关心她沦落到什么地步，思慧的身边只有他，是他照顾她，最后由他把思慧送入医院。

他姓张。

思慧遇见他的时候，好比一朵花开到荼蘼，仍然蒙他不弃。

难怪世真要不服气。

余芒知道有一个地方可以找到他。

抵达疗养院的时候，天色已暗，余芒坐在长椅上，她有种感觉，人家也在找她。

太阳一下山就有点寒意，余芒扯一扯大衣领襟。

“余小姐。”

余芒笑着转过头去，他来了。

“我叫张可立。”

余芒马上与他握手：“张先生，你好。”总算把这个重要的环节给扣上了。

他的手强壮有力，余芒细细打量他，张可立是个与许仲开于世保完全不同的人物，衣着随和，有两道豪迈的浓眉、坚毅的眼神，浑身上下，不见一丝骄矜，十分可亲。

在姿势上观察，余芒断定张可立是一个靠双手打天下的人，她继而骄傲地想：同我一样。

“余小姐，”是他先开口，“久闻大名，如雷贯耳。”

余芒仰起头笑，有没有这样厉害，国人真是夸张。

“请坐。”她拍拍身边空位。

张可立坐下，身为教授，一点架子也无，只穿着粗布裤白球鞋。

他说：“你是唯一注意到我存在的人。”

余芒不由得在心中批评一句：仲开与世保，以至文太太，都太过自我中心，拨不出一点点时间与精神给旁人。

余芒微笑：“看护也知道你。”

张可立吁出一口气。

“思慧今天怎么样？”

“还在休息。”语气并不悲观。

余芒看着他侧脸一会儿，轻轻问：“你相信有一天她会醒来？”

张可立点点头：“她一定会苏醒。”

余芒很佩服他的信心，原来他一直在等。

张可立问：“一定已经有人告诉你，你若干习惯神情，同思慧十分相似。”

余芒点点头，指指大衣：“思慧也喜欢这种玫瑰红。”

刚才他走出来，看到她的背影，也是一怔，太熟悉的颜色了。

他第一次见到思慧的时候，她坐在一辆敞篷车的后座，背着他伏在车门上看风景，也穿着玫瑰红，叫她，她转过头来，原以为会看到一张惯坏了的刁钻、傲慢、骄矜的脸，但不。

文思慧的面孔细小精致，非常苍白、厌倦，眼神彷徨、矛盾、散漫、郁郁寡欢，朝他看一看，不感兴趣，随即别转脸去。

这是他们第一次会面。

她对他没有印象。

他们的介绍人是于世真。

张可立说："当然，你们是两个不完全不一样的人。"

他的眼光比许仲开与于世保又略有不同。

文思慧的异性朋友，各有各的优点，羡煞旁人。

余芒忍不住问："你怎么会认识文思慧？"

不冒昧开口的话，恐怕永远猜不到谜底。

张可立并不介意，他答："我的正职在工学院，课余，担任义务社工。"

余芒立即明白了。

他负责辅导文思慧，这个案却成为他生命中最重要的一章。

“但是，你认识世真在先。”

“思慧被派出所拘留，由于世真偕我同往保释，我们抵达警察局，她已经被律师接出去。”

她坐在敞篷车里，叫她，她转过头来。

她对他一点印象都没有，他却一直没有忘记她的眼睛。

“思慧那次犯什么事？”

“醉酒闹事，把一个陌生男人几乎打瞎。”

奇怪，那人竟然没还手。

张可立看着余芒：“思慧也被人打断过肋骨。”

余芒忍无可忍：“好玩吗？”

“相信不。”

余芒深觉诧异，很明显张可立性格完全属于光明面，怎么爱上沉沦糜烂的文思慧，真是不可思议。

这个时候，张可立轻轻说：“该你上去看她了。”

余芒点点头。

迷迭香

伍·

现实世界的悲剧正在此，
没有人真正企图做个坏人，
可是身不由己地伤害了别人。

病房气氛祥和，她一进内就说：“思慧，余芒来看你，几时挣脱这些管子同我说说笑笑？”一边脱下外套搭在椅子上。

又往卫生间洗干净双手出来握住思慧的手：“迷迭香这个名字比较适合你，此刻外国人只叫我‘芒’，难不难听？像忙忙忙。”

这才抬起头来，忽觉思慧嘴角笑意仿佛增浓。

余芒趋过脸去：“思慧，你笑了？”

这个时候，她听到轻轻一声咳嗽。

余芒抬起头来，她一直以为坐在角落的是看护，不加以注意，但此刻站起来的竟是文太太。

“伯母？”余芒意外到极点，“你不是走了吗？”

文太太清清喉咙：“走了可以回来。”

思慧忍不住用另外一只手握住文太太的手：“思慧一定很高兴。”

话还没有说完，文太太身体忽然震动一下，脸上露出惊异神色。

“怎么了？”余芒问。

“思慧，”文太太惊惶失措，“我听到思慧说，她很喜悦。”

余芒这才发觉她左右两手同时握着她们母女的手，她的身体像是一具三用插头，把她们俩的电源接通。

余芒追问：“你感觉得到思慧十分高兴？”

文太太惊骇地点头。

“叫她醒来。”

文太太颤声说：“思慧，请苏醒。”

过一会儿，没有动静，余芒又问：“感觉到什么吗？”

文太太叹口气，颓然摇头：“完全是我思念她过度，幻由心生。”

余芒温和地说：“你是思慧母亲，有奇异感应，也不稀奇。”

文太太苦笑：“人家说，知女者莫若母，我却不认识思慧。”

“从今天开始，也还恰恰好。”

“不迟吗？”

“迟好过永不。”

“谢谢你余芒。”

余芒说：“你不是已经回到她身边了吗？思慧一直渴望有这样一天，她的愿望其实最简单不过。”

到这个时候，余芒才轻轻放下她们母女的手。

“余芒，你累了。”

嗳，刚才还是好好的，刹那间疲倦不堪。

文太太说：“你且先回去休息。”

“你呢伯母？”

“我这次回来，再也没有别的事做，专程为看思慧，有的是时间。”

这时看护推门进来。

余芒见文太太有人做伴，便告辞离去。

走到大堂，她忍不住走到饮品销售机器前买杯咖啡喝，真的累得双脚都抬不起来，仿佛同谁狠狠打了一架似的。

余芒真没想到才做三分钟导电体会这样消耗精力。

喝完咖啡之后余芒照例喃喃抱怨："味道像洗碗水。"

身后忽然传来一个声音："请让我送你一程。"

是张可立君，真是善心人。

余芒上了他的车，强制着自己不倒下来，眼皮却越来越重，双目涩得张不开来。

不知怎的，她竟在陌生人车上睡着。

脑海中出现一幅幅图画，像电视录像机上快速搜画，终于在某处停下，她做起梦来。

这也并不是余芒的记忆，余芒的思维最最简单，用两个字便可交代，便是电影、电影、电影。

梦中她感染一种奇特的快乐喜悦，余芒脱口说出梦呓："可立，我打算重新生活。"

张可立大吃一惊，把车子驶入避车湾停下。

只见余芒满脸笑容，睡得好不香甜。

张可立怔怔地看着她的脸，一个陌生女子怎么知道思慧生前对他说过的话？

这个时候，余芒又说："多年来只会把失望失意推卸在父母身上，太过分了。"

张可立呆半晌，轻轻推思慧肩膀："醒醒，醒醒。"

余芒这才慢慢睁开双眼，回到现实世界来。

她对梦境有记忆，轻轻说："原来思慧早已解开心锁。"

张可立且不管余芒怎么会知道，已经点头说："是，她心灵早已康复，罹病的只是身体。"

余芒摇下车窗，伸出头去吸口新鲜冷空气。

然后转过来，问张君："由什么导致昏迷？"

"医生说可能是急时间戒除麻醉剂，引起心脏麻痹，继而脑部缺氧。"

呵，女主角并没有掉进泳池里，细节又要改。

余芒轻轻说："要是我告诉你，思慧的经历时常入我的梦来，你相不相信？"

张君微笑："我也时常梦见思慧，假使你们是好朋友，日有所思，夜即有梦。"

余芒答："但是我认识思慧，是在她昏迷之后。"

张可立是科学家，他想一想说：“干文艺创作的人，联想力难免丰富点。”

轮到余芒微笑：“是，真不能怪我们。”

张可立重新发动车子引擎：“我有种感觉，思慧同你会成为好朋友。”

“会吗，我们有相同之处？”

“有，你们两人都爱好艺术，热情、敏感、相当地固执。”

余芒仰高头笑起来。

张可立在心中加一句：小动作异常相似。

余芒说：“多希望思慧会痊愈。”

张可立用坚毅的语气答：“她会苏醒。”

有这样的一个人在等，思慧不醒太过可惜。

在门口余芒与他交换了通讯号码。

张君把车驶走，余芒袋中的手提电话响起来。

“我一直等了三个钟头。”于世保的声音。

余芒转过头去，看见世保坐在一辆小房车里握着汽车电话。

余芒笑着走过去：“那为什么不早些拨电话？”

此言一出，才叹声错矣，等是追求术中最重要一环，盛行百年不衰，一早已经有人风露立了中宵，借此感动佳人，对方心肠一软，容易说话。

余芒识穿他伎俩，便毫不动容，笑问：“你没有更好的事要做？”

世保悻悻地说：“我有重要消息：阿姨回来了。”

余芒早已见过文太太。

世保下车来：“你不认识我姨父吧，思慧的父亲明天到。”

啊，这才是新闻。

“姨丈与阿姨已经二十年没见面，我都不晓得怎么样安排，所以特地来同你商量，不晓得你这么忙。”有点讽刺。

余芒莞尔，导演当然不是闲职。

他们这一票人，自己不做工，终日游荡，朋友忙，他们也不耐烦，非我族类，余芒可以肯定。

世保接着说：“像你这种身负盛名的女孩子，交朋友要小心，不少人想利用你。”

这样言重，余芒不得不安慰他：“放心，导演不比女明星，幕后人物，风头有限。”

他们身后有人咳嗽一声。

许仲开到了。

世保挥一挥手："我们一起上楼商量大事。"可见是他约仲开前来。

他们俩终于言和，余芒十分高兴。

仲开告诉余芒："姨丈这次回来，据说是因为收了一封感人长信。"

世保看看余芒："我们猜想你是发信人。"

余芒摇摇头："不是我。"

"那么是谁，谁通知文家的事，谁又与思慧熟稔，谁有此动人文笔？"

有感情即有诚意，有诚意即能感人，余芒猜到信是谁写的……张可立。

余芒问："信里说些什么？"

"能够把姨丈拉回来，文字一定十分有力，我们不知详情，但可以猜想。"

仲开说："姨丈也应该回来看看思慧。"

门铃响起来，余芒放下他俩去启门，原来是副导演小张送定型照来。

余芒同小张说两句，小张赶去办事，余芒顺手把照片放在书桌上。

仲开讲下去：“怎么安排他们见面呢，早已不是一家人。”

世保好奇地问余芒：“照片可否给我看看？”

仲开皱起眉头不以为然：“世保，专注点。”

那边厢于世保早已取过整沓照片观赏，一看到女主角部分，脸色突变：“多么像思慧。”他低嚷。

仲开不加理睬，人人都像思慧，那还了得。

“余芒，快告诉我这是谁。”

余芒笑笑：“这是我下部戏女主角，当今最炙手可热的红花旦。”

“简直是思慧的影子。”

许仲开忍不住，接过相片看一眼，只觉形似神不似，世保大抵是不会变的了，一见漂亮女孩再也不肯放过，来不及想结交。

果然，他向余芒提出要求：“导演，几时开戏？我来捧场。”

“欢迎欢迎”是余芒的答案。

她向仲开眨眨眼，仲开会心微笑。

从此以后，大蓬花大盒糖恐怕要易主。

世保见他俩眉来眼去，不服气悻悻道：“余芒永远是我的好朋友。”过来搭住她的肩膀。

余芒笑说：“一定一定。”

“喂！”世保贼喊捉贼，“我们还有正经事商量。”

余芒想一想：“我虽与文伯母新近认识，她却待我亲厚，不如由我来说。”

仲开感激：“可能是个苦差。”

她且没有恢复本姓，人前一直用文太太身份。

仲开轻轻为她解答：“同金钱有关，文家规矩：媳妇一旦改嫁，基金立刻停止拨款。”

余芒问：“我们约文先生什么时候？

“明天下午可好？”

“那么我明早去见文伯母。”

“还有一点，最好同阿姨讲明，姨丈的新太太坚持要在场。”

仲开与余芒面面相觑，这名女子怎的不识时务，真正讨厌，害他们棘手。

过半晌余芒才说："我一并同文伯母讲。"

仲开问："我们最终目的是什么？"

世保说："让他们一家三口恢复朋友关系。"

"可是思慧她……"

余芒忽然听见她自己说："思慧会醒来。"

仲开与世保齐齐看着她问："什么？"

余芒紧握双手。

世保叹口气："希望归希望，现实管现实，医学报告说……"

余芒再次打断他："我不管，我相信思慧会醒来。"

仲开与世保只得缄默。

还是世保恢复得快，他说："余芒，送张照片给我。"

仲开忍无可忍，一把拉过世保，把他押出门去。

余芒却欣赏世保这种危急不忘快活的乐观态度。

他们三人，各有各的好处，各有各的优点。

余芒写稿到深夜，把编剧未知的一段赶出来。

孤灯，冷桥，秃笔。

她也曾经深爱过，从一个故事到另一个故事，时常喜新忘旧，有时拍摄到中途已经不爱那个本子，可是还得拍至完场，痛苦好比不愉快的婚姻。

有时拍完，下了片子，仍然津津乐道，念念不忘，旧欢有旧欢百般好处。

余芒都没有空去爱别人。

夜深，她思念过去令她名利双收的作品，只希望可以精益求精。

一般女郎最常见的心愿是盼望那个人爱她多一点。

余芒只想拍得好一点。

从零到五十，她像是忽然开窍，速度惊人，轰一声抵垒，自五十到七十五，步伐忽然减慢，但进展仍然显著，之后，她自觉仿佛长时间逗留平原之上，再也没有上升趋势。

余芒很少不耐烦别人，她净不耐烦自己。

西伯利亚也是一个平原，说得文艺腔一点，再走下去，难保不会冰封了创作的火焰。

余芒苦笑："思慧，迷迭香，帮我找到新的方向。"

但是思慧本身是只迷途的羔羊。

余芒真的累了，伸伸懒腰，回到卧室去。

下一个计划开始，她的世界除了拍摄场地，也就只有一张床。

这一觉睡得比较长，电话铃声永远是她的闹钟，那边是方侨生医生的声音。

"余芒，我明天回来。"

呵，这么快，恋火不知让什么给淋熄掉。

"一个人还是两个人？"余芒笑问。

"一个人。"语气懊恼得不能再懊恼。

余芒试探问："另一位呢？"

"回来再告诉你，照这故事可以拍一部戏。"

"侨生，但它会不会是一部精彩的戏？"

"我是女主角，当然觉得剧情哀艳动人。"

"非常想念你，我来接飞机，见面详谈，分析你心理状况，不另收费。"

方侨生把班机号码及时间说出。

来得急，去得快，一切恢复正常，一大班病人在等她回来，有职业的女性才不愁寂寞。

余芒并不为侨生担心。

看看时间，她赶着出门。

推开病房门，只见病床空着，思慧不知所踪，余芒尖叫一声，一颗心像要在喉咙跃出。

她叫着奔到走廊，迎面而来的正是思慧的特别看护，余芒抓住她，瞪大双眼喘气。

看护知道她受惊，大声说："余小姐，别怕，思慧正接受检查，一切如常。"

余芒这才再度大叫一声，背脊靠在墙上，慢慢滑下来，姿势滑稽地蹲在地上，用手掩着脸。

看护帮助她站起来。

"吓煞人。"眼泪委屈地滚下面颊。

"真是我不好，我该守在房内知会你们。"

慢慢压下惊惶，余芒问："为什么又检查身体？"

"文太太请来一位专家，正与原来医生会诊。"

余芒点点头，感到宽慰。

正在这个时候，身后忽然传来急促脚步声，余芒与看护转过头去，只见许仲开气急败坏地奔来。

看护知道这也是个有心人，正想说思慧没事，已经来不及，仲开心神大乱，脚底一滑，结结实实摔一跤，嘭一声扑倒在地。

当值护士忍无可忍跑过来警告：“医院，肃静！”

她们去扶起仲开。

“思慧……”仲开挣扎着起来。

“思慧很好，她在接受检查。”

仲开颓然坐倒在地：“我足踝受创。”

看护立刻陪他到楼下门诊部求医。

余芒好不容易才坐下来与文太太细谈。

文太太颜容不大如前，十分憔悴，一手烟，另一手酒。

余芒过去握住她的手：“医生怎么说？”

“可以动一次脑部手术，切除败坏部分，但成功率只有百分之五。”

余芒冲口而出：“有希望！”

文太太猛地转过头来：“思慧极大可能会在手术中死亡。”

余芒张大嘴。

她颓然坐下："文先生明天回来，只有他可以与你商量该等大事。"

文太太放下酒杯："谁，谁明天回来？"她一时没听明白。

"思慧的父亲。"

文太太失笑："他，他从来没有在我们需要他的时候出现过。"

"这次不一样，他决定回来看思慧，仲开与世保都知道这件事。"

"你们别上他当，多少次，"文太太仰起头苦涩地说，"多少次他叫我们空等失望。"

"人会变。"余芒求情。

"文轩利才不会变，你不认识他。"

"等到明天谜底便可揭晓。"

文太太呆一会儿，问余芒："你会不会让思慧接受手术？"

余芒想都不想："会。"

"我一直知道你是个勇敢的女孩。"

"文太太，请答应我们，明天与文先生见个面。"

文太太冷笑一声："他若出现，我必定见他。"

余芒松下一口气："对了，若有旁人在场，你会否介意？"

文太太淡淡说："文轩利此刻对我来说，已与旁人无异。"

太好了。

文太太凝视余芒："是你把思慧告知文轩利的吧？"

余芒一愣："你的意思是，文先生只知女儿有病，但直至此时，才晓得思慧昏迷？"

"他根本不关心任何人。"

"文伯母，他有权知道，他是思慧之父，你为何瞒他？"刹那间余芒不知怪谁才好。

文太太沉痛内疚，为着意气，她误了人也误了己。

"蹉跎半年有多，这对思慧不公平。"

文太太不语。

"我知道我只是外人，也许没有人稀罕我的意见，你有权叫我闭嘴，但是感觉上我一直与思慧非常亲密，有资格代她发言：我要我的父母陪我动这次手术，好歹一家子在一起，成功与否，毫无怨言。"

说完之后，余芒一额头汗。

室内一片死寂。

过半晌文太太说：“你说得对，余芒，我会心平气和地与文轩利商谈这件事。”

世保在这个时候来找阿姨，单看表情，便知事情已经说妥，不由得向余芒投过去感激的一眼。

文太太用手撑着头：“世保，你文叔如果方便，请他到这里来一趟。”

世保打铁趁热：“文叔请来一位脑科医生，他俩已赶到医院去了。”

文太太与余芒都呵地一声，一个是意外，一个是安慰。

世保又说：“他一会儿来，吩咐我们在此等他。”

文太太呆半晌：“那我且先去休息一下，你们请便。”

等她上了楼，余芒才伸出舌头：“适才我把文伯母狠狠教训了一顿。”

世保笑着接上去：“好像还打断了仲开的狗腿。”

“对，他的脚怎么样？”

“扭伤了筋，得用拐杖走路。”

余芒抬起头呆半晌，三个医生会诊结局不知如何。

只听得世保低声说："我知道思慧，她不会甘心一辈子躺在床上。"

余芒也说："她要父母爱她，愿望已达。"

"多谢你写信给文叔。"

"世保，那封信不是我写的。"

世保微笑："你要佚名，便让你佚名。"

"真不是我。"余芒不敢掠美。

"替你保守秘密，有个条件。"

余芒说："我知道，介绍美丽的女主角给你认识。"

世保笑了。

余芒不服气："我还以为你爱的是我。"

"我的确爱你。"

余芒悻悻地说："最好不要忘记。"

"说真的，余芒，老老实实告诉我，假如非要挑一个不可，你会选谁？"

余芒抬起头，看着天花板良久，煞费思量，只准挑一个，终于她咬了咬牙关："维斯康蒂。"

世保为之气结："尽爱洋人，无耻。"

“电影原本由老外发明，你不知道？”

正争持不下，门铃一响。

世保说：“文叔到了。”

余芒主观极强，脑海中马上出现一脑满肠肥大腹贾，神情傲慢粗浅，踌躇志满地拖着一年轻俗艳大耳环女郎，大模大样踏进来……

门一开，余芒看见文轩利与他新婚妻子，几乎没打自己的脑袋，老套言情片看太多了，才有这样幼稚的结论。

文轩利高大瘦削，文质彬彬，一点也不似生意人，忧心忡忡，态度何尝有半丝嚣张。

世保迎上去，他立即介绍妻子给小辈认识：“谈绮华医生，我们刚自医院回来。”

余芒实实在在没想到文某带来的脑科医生原来就是他的第三任妻房，难怪事先说好她必须在场，真的，医生非得大驾光临不能诊症。

谈医生向他们颔首。

相由心生，她是个清秀脱俗的年轻女子，穿黑，浑身没有装饰品，工余大抵已没有时间往唐人街看电影，不认得余芒，但态度亲切。

没一会儿，仲开拄着拐杖也来了。

余芒从旁观察，左看右看，文轩利都不像抛妻离子的歹角，现实世界的悲剧正在此，没有人真正企图做个坏人，可是身不由己地伤害了别人。

文轩利不好不恶，文太太也十分善良，可是他俩水火不容，反目成仇。

感情这件事一旦腐败，就会有此丑陋结局，下次谁再来问余芒挑哪一个，她就说杜鲁福。

爱电影安全得多。

这时文轩利抬起头来："把你们的阿姨请下来吧。"

文太太已经站在楼梯顶。

二十年不见，两人目光接触，一丝温情也无，充满鄙夷之色。

他们遥远相对坐下，把对方看作大麻风。

余芒在心中为他们长叹一声。

生活中如此实例比比皆是，他没错，她也没错，算下来，如果不是社会的错，就是命运的错。

谈绮华医生咳嗽一声，首先发言："我去看过思慧，读过报告，同两位专科医生详细商量过，结论是适宜动手术。"

文轩利的手簌簌抖起来，他一直不喜思慧，因思慧象征失败婚姻，今天，他忘却所有过去不快，只纪念着他那一点骨血。

"即使手术成功，"谈医生说下去，"思慧脑海中若干记忆将完全消失，她可能忘记怎样讲英文，又可能认不出父母，也许连走路都得从头学习。"

文太太泪如雨下。

谈医生轻轻道："这种情况并非不常见，每一个健康的人都是一个奇迹，所以我们应当快乐。"

余芒觉得谈医生说得再正确没有。

文轩利问他前妻："你意下如何？"

"我签名。"

"我也赞成。"

这大抵可能是二十年来他们两人唯一同意的一件事，这样的一男一女当初居然曾经深爱过，不可思议。

“尚有若干细节需要研究，手术最快要待下星期进行。”

文轩利伸过手去握住谈绮华的手。

世保与仲开怕阿姨难过，立刻一左一右护住文太太。

余芒十分羡慕，眼见自己无子无侄，看样子非得叫妹妹多生几个以壮声势不可。

然后谈医生说：“我们告辞了。”没有一句多余的话。

文太太累极坐下：“要看思慧的话多看几次，稍后也许就看不见了。”

“不！”余芒说，“思慧会康复的。”

“阿姨，余芒这话可信，她一向与思慧心灵相通。”

文太太困倦地说：“我想休息。”

三个年轻人告辞。

余芒心中挂住[1]张可立，只推有事，赶着把最新消息通知他。

张可立马上到余家来会面。

“即使痊愈，思慧也未必认得你。”

---

[1] 挂住：粤语，想念的意思。

“没关系，”张氏毫不在乎，“大半年前，我也不认得文思慧。”

余芒微笑，思慧真幸运。

她有点好奇，但是问得十分技巧：“假使你没有认识思慧，你会喜欢世真吗？”

张可立抬起头来，诧异地反问：“世真仍有误会？”

也是个聪明人，把一切推卸给误解。

张可立笑笑答：“世真喜欢新鲜，我是她朋友中的新品种，没有实际价值。”

一次，说到中学开始就领取奖学金并且半工半读维持生活费，世真竟兴奋地喊出来：“哎呀，你是穷人，多好玩。”

无论是真天真抑或是假天真。张可立实在受不了，自此与她疏远。

余芒说：“在我眼中，世真与思慧十分相似。”

“那你还不了解思慧。”张可立不以为然。

“一定是我鲁莽。”余芒微笑。

不过是爱与不爱罢了，一切主观，容不得一丝客观。

余芒又说：“如果你愿意会见思慧父母，我可做介绍人。”

张可立摇摇头。

“他们两个其实都是好人。”

“呵，我绝对相信，不然思慧不会可爱。”

“让我们祝福思慧。”

余芒把张可立送到门口。

迎面而来的是小薛，看了张氏一眼，说：“怪不得要加一名丙君。”

“写得怎么样？”

“人物太多，场与场的衔接有点困难。”

“你看上去好似三天没睡觉。”

“不是像，我的确已有七十二小时未曾合眼。”

“为什么？”

“一闭上眼，就看见所有的剧中人在我房内开派对，吵得要死。”

“呵，这不稀奇，我还梦见过其他卖座电影里的角色前来嘲笑我的男女主角呢，结果他们大打出手。”

小薛用手撑着下巴想一想：“导演，我记得你好像有一个专用心理医生。”

“她明天回来，我介绍给你。”

见到方侨生的时候，余芒认为心理医生可能有时都需要心理医生。

不见一段短时间，侨生明显胖了，看上去精神萎靡，可见这一场误会代价匪浅。

只有工作可以医治她。

“侨生，有一个大挑战待你接受。”

她懒洋洋慢吞吞问：“世上还有什么新事？”

“有一位记忆不完整脑科病人手术后需要辅导。”

说也奇怪，方侨生一听，双眼马上放出光芒，倦容去了七成，腰板一挺，多余的体重起码不见一半，她追问：“病人此刻情况如何？”

余芒不敢明言。

“有多坏？”

“要多坏就有多坏。”

“植物一般？”

余芒伤感地点点头。

“你讲得不错，真是项挑战，我得先同专科医生会谈。”

“好极了，对，侨生，在赫尔辛基那种冰天雪地的地方到底发生了什么事？”

方侨生提都不愿提：“我还要见一见病人。”

余芒微笑，给她一点时间，慢慢她定会和盘托出。

“余芒，这个病人，不一定能自手术室出来。”

“不一定用双足走出来，但肯定会出来。”

方侨生看着余芒：“乱乐观的。”

“别忘记我的终身职业是什么，在这种惨痛情况下都照样开戏，当然乐观。”

方侨生说：“我小憩后就去看她。”

“呵，对了，侨生，欢迎回家。”

余芒赶去与同事开会。

大家闹哄，打算选个黄道吉日拍下部戏第一个镜头。

“下个月初三，宜搬家理发祭祖旅行，就是没有说几时该开动摄影机。”

“有没有哪一天是适合犯奇险的？开戏差不多。”

“初七适合打家劫舍，这一天好不好？”

“少嚼蛆。”

笑成一团。

余芒说：“本子还没有起货，怎么开戏。”

小薛马上抗议：“剧本既然那么重要，为什么稿费在比率下那么低？”

小刘抢白：“小姐，你拿的已经算高了。”

小张冷笑一声：“她不问问我们一部戏从头跟到尾收多少酬劳。”

小林哼一下：“识字了不起，装腔作势。”

余芒推小薛一下：“你看你，犯了众怒了。”

终于小林说：“就十五吧，十五适宜动土，咱们可不就是太岁头上动土。”

“小薛，听见没有？”余芒催稿。

所有人转过头去听小薛哀号。

第二天，余芒陪侨生去看思慧。

事后侨生非常沉默。

几经催促，她才说：“赞成做手术是正确的，至少尚有些微机会。”

“侨生，思慧仍有知觉，我可以感觉得到。”

侨生看了好友一眼：“认为文思慧有机会康复是非常勇敢的一件事。”

余芒无奈。

“她用不着我。”

余芒把脸埋在双手中。

“人的生命好不奇妙，”侨生感慨，“灵魂与肉体合一的时候，我们会说会笑，四处走动，甚至发明创作，精魂一出窍，躯壳一无用处。”

“思慧是例外。”

侨生问：“为何与众不同，难道她的灵魂激荡后还会归位？”

“是。”余芒觉得侨生的形容再好没有。

侨生说：“你的感情一直比我们丰富，渴望那个美少女醒来，亦是人之常情，但是别太纵容私欲，以免失望。”

余芒握着侨生的手。

思慧的手术时间安排在下午三时。

早一天，余芒工作得十分疲倦，倒头便睡，倒是没有困难，睡到清晨五时，醒来了，双臂枕着头，挂念思慧，无法再合眼。

眼睁睁看着天空一角慢慢亮起来。

余芒索性换了衣裳跑到医院去。

文太太比她更早到。

两人相对无言。

过许久许久，文太太忽然说：“哭的时候多。”

余芒抬起头来：“嗯？”

“旧式女性一生，流泪的时候多，欢乐的时候少。”

余芒恻然，不禁劝道：“文伯母这一生还早着呢。”

文太太低下头：“你们呢，你们时代女性不再发愁了吧。”

“我们？”余芒笑，“我们苦干的时候多，休息的时候少。”

文太太忍不住骇笑。

余芒很豁达地说：“你看，总要付出代价。”

“还哭吗？”

“票房死翘翘的时候，岂止痛哭，我认识不少男导演还呕吐大作呢。”

“余芒，”文太太忍不住说，“你真可爱。”

“家母可不这样想，家母为我担心到早生华发。”

看护进来为思慧做准备。

余芒跑过去同她说：“思慧，这次要争气。”忍不住落下泪来。

半晌，余芒才站到一隅，垂头伤神。

猛地想起一个人，掀起窗帘，果然，张可立已经坐在花圃的长桥上等了有些时候了。

余芒到楼下去与他会合。

张可立见到余芒，连忙迎上来，像是在最最焦虑的时候看到安琪儿[1]一样。

坚强的他到底也不过是血肉之躯。

“下午三时进行三个钟头的手术。”余芒轻轻告诉他，“你坐在这里干等，恐怕难熬。”

“我真不知还有什么地方可去，什么事可做。”

“上来，与我们一起等。”

“我在这里就很好。”

---

[1] 安琪儿：英文 Angel 的音译，意为天使。

余芒把她做导演的看家本领使将出来，发号施令：“精神集中点，站起来，跟我走。”

张可立身不由己地跟着余芒上楼。

这个时候仲开与世保也到了，他们正趋前肃静默哀，像是见思慧最后一面似的。

余芒不服气：“这是干什么，如丧考妣，世保，你负责驾车去买香槟，冰镇了等稍后思慧手术成功后庆祝，仲开，你去花店搜刮所有白色的香花，多多益善，别在这里哭丧着脸。”

两位小生本来六神无主，听到余芒吩咐，如奉纶音，立即动身去办。

站在一边的文轩利不由得问前妻：“这个爽快磊落的女孩子是谁？”

文太太答：“思慧的知己。”

文轩利点点头，人生得一知己足矣。

文太太发觉余芒身后另有一位男生，长相英伟，略见憔悴，这又会是谁？莫非是余芒的朋友。

余芒身经百战，在外景场地指挥数百人当小儿科，于是冷静地说："医生让我们到会客室等，别担心，时间过得很快。"

方侨生也来了，正好听到余芒说："文先生，你陪文太太坐，要喝热茶张可立会得去拿。"一眼看到好友："侨生，你做后备，请留意各人情况。"

侨生把余芒悄悄拉到一旁："喂，这里几时轮到你发言？"

余芒叹口气："你看看他们，个个面如土色，呆若木鸡，我是不得已，你以为我喜欢扮演这种角色？"

余芒所言属实。

侨生上去自我介绍。

这时躺在病床上的思慧被推进手术室。

同时，奇怪，休息室大钟的时针与分针立刻像是停了下来怠工，推都推不动了。

余芒唇焦舌燥，心里难受不安，像是要炸开来，医生走近同文轩利交代几句，余芒闭上双眼，不去看他们。

脑科医生！什么样厌恶性行业都有，与之相比，做导演真幸运，余芒再也不敢做本行厌本行。

文轩利有时与前妻交换一言半语，张可立一声不响，方侨生假装阅读《国家地理》杂志上一篇考古文章，余芒觉得自己连吞涎沫都有困难。

人生已经这么短，还硬是要受这种折磨，太划不来。

思慧思慧，帮帮忙，醒一醒。

这时有一位看护走过来问：“有没有余芒导演？你的制片找。”

余芒尴尬地走到接待处：“小林你发昏了，电话找到医院来。”

“小张不干了，同小刘吵起来，小薛已撕掉剧本。”

“什么？”余芒耳畔嗡一声。

“她们要见你。”

“怎么会搅成这样？”

“说你偏心，我已不能安抚她们，请准辞职。”

“我现在走不开。”余芒如热锅上蚂蚁。

“导演，班底散掉，不关我事。”

“你听着，”余芒咆哮，“我马上来亲手屠宰你们。”

“车子在医院门口等，欢迎欢迎。”

余芒同侨生交代两句，急急奔下楼去。

果然，常用的轿车与司机已在等候，上了车，驶回市区，一踏进家门，就听见众人叫："生日快乐！"

生日快乐，今日可不就是余芒生辰。

她竟忘了。

众人把香槟杯子递在她手中："快来切蛋糕。"

余芒抱怨："我有正经事要办，哪有空陪你们闹。"

"正经得过自己生日？"

"晚上也可以庆祝呀。"

"晚上是正主的时间。"大家笑嘻嘻挤眉弄眼。

"谢谢各位。"

百忙中余芒还是感慨了，不知不觉，竟在这圈子里转到这年头。

小林把蛋糕送上，余芒接过问："你们不会真的离开我吧？"

小林情深款款："假使你真的不济事了，我们当姑子去。"

"嚼蛆。"

"我们一定转行。"

"干什么？"

全女班转过头来齐心合意叫出来：“教书！”

余芒笑。

她看了看表：“我还有事，你们请继续玩。”

小刘送导演到楼下。

“你老是为人家的事忙。”她嘀咕。

余芒轻轻说：“我们这班幕后工作人员，几时都是为人辛苦为人忙。”

车子停在跟前。

余芒在回程中想，幸亏有这帮同事，否则的话，寂寞梧桐不知要怎么样锁清秋。

离开一个小时，光景又自不同。

许仲开已经办妥差使回来，正坐在方侨生旁边，不知谁替他俩介绍过，两人谈得颇为投机。

余芒一看，马上有预感：噫，他俩可不就是一对。

两个人都那么讲究、斯文、专注，都喜欢打扮得无懈可击，气质外形都配合，远远看去，宛如一对璧人。

缘分来的时候，挡都挡不住。

花已经送到，整间病房都充满素馨的香氛，看护的眼神问余芒：文思慧可有机会欣赏？

医生还没有出来过。

张可立悄悄过来站在余芒身边。

余芒朝他笑笑。

张可立低声说：“你看，这么多人为她担心，万一有事，你可会有同等量的亲友？”

余芒不加思索：“当然有。”她与工作人员同甘共苦，出生入死。

张可立微笑：“幸运人生。”

谁说不是。

就这时候，休息室全体人齐齐肃立，余芒一看，原来谈绮华医生穿着绿袍绿裤出来。

她除下口罩，走到众人中间，看到一张张哀愁焦虑的面孔，基于人道，马上宣布：“思慧生存。”

文太太眼泪汩汩淌下，方侨生连忙过去扶住。

仲开则走到角落，痛快地流泪。

张可立嘴角笑意渐渐扩大，余芒想跑到街上去喊：我们胜利，我们胜利。

但是文轩利随即问："生存，那是什么意思？"

谈医生答丈夫："当她苏醒，我们才知道她的智力可以恢复到什么地步，我们不宜苛求。"

众人既嗔又痴，脸色又苍白起来。

谈医生微笑："手术空前成功，还待怎的，一小时后，思慧已可睁开双眼。"

许仲开颤声问："她会不会认得我们？"

谈医生看他一看："或是会，或者不会，但辨认亲友不是重要部分，最重要是她活着，比从前有进步。"

谈医生冷峻的目光打量众人一下："我要去洗刷，失陪。"

余芒心细如尘，目光如炬，看到医生穿的胶靴上沾着血迹，刚才一场与死亡大神的搏斗，想必惊心动魄，非同小可。

而仲开还净挂着病人会不会认得他。

幸亏世保不知溜往何处，不然可能问出更幼稚的问题来。

大家坐下来。

余芒看到方侨生的额角有汗，一摸自己的衬衫，也已湿透。

大家筋疲力尽闭上眼睛。

余芒有奇突感觉，故对侨生说：“我好似就在这一刹那失去了思慧的感应。”

侨生看好友一眼：“一切都是你的潜意识作祟。”

“谁说的？”

“薛门弗洛伊德。”

“侨生，你怎么好比牛皮灯笼，点来点去依旧不明，思慧昏迷的时候，有一小撮思维飞来侵入我的脑海，一旦苏醒，那束电波便自动收回……”

方侨生只默默瞪眼看着余芒。

余芒喃喃道：“不信拉倒。”

侨生严肃地说：“你不晓得你有多需要我，幸亏我回来了。”

每一个人都需要方侨生的专业意见，文轩利同文太太先围着她谈起来。

于世保这个时候才扛着一箱粉红色克鲁格香槟回来，一见众人虽然抹着眼泪，但有说有笑，便知他们已经祈求得奇迹，不管三七二十一，噗一声开出酒，对着瓶嘴，便大口喝将起来。

余芒一向豪迈，接过酒瓶，也依样葫芦咕嘟咕嘟。

看护找来杯子，医院也不加干涉，大家庆祝起来。

张可立想静静退出，余芒出力拉住。

不准他走。

余芒看到他眼睛里去：“她需要你。”

每个人都可以回家休息，张可立例外。

文思慧睁开眼睛，第一个看到的，必须是张可立。

这时候，闲杂人等越少越好，余芒请辞，谁知文太太说：“余芒，你怎么可以走，你才是这次手术的总策划，由你把我们这盘散沙聚集一起。”

“我？”余芒指着鼻子。

许仲开由衷地说：“绝对是你。”

余芒腼腆地笑。

不不不，是文思慧本人的力量，由她感动呼召余芒一步一步统筹整件事。

“噫，”世保说，“世真来了。”

可不就是漂亮的于世真，一脸不悦，抱怨世保："哥哥这样要紧的事都不告诉我。"

张可立略一迟疑，便上前大方地与世真打招呼。

文轩利至今不知这气宇轩昂的年轻人是谁，但觉他地位越来越重要。

思慧躺在病床上被推出来。

她紧紧皱着眉头，微弱地说："痛……"大家把耳朵一齐趋过去，看护摆摆手，叫他们退下。

余芒不理别人怎么想，她认为能觉得痛已经不容易，居然还能说出来，足令她放下心头大石，她过去握住思慧的手："有你的，迷迭香，干得好。"

忽然之间视线模糊起来，余芒知道她也终于忍不住哭了。

迷迭香

陆·

世界好比游乐场，人群熙来攘往，
闹哄哄你方唱罢我登场，会有自我，
也迟早迷失自我，终归如鱼得水地生活下去。

故事说到这里，小薛说：“我不喜欢这结局。”

余芒问：“为什么？”

“太幸福了，十分虚假。”

“喂，别把一支笔逼入穷巷。”

“观众不会相信。”

“你又喜欢哪个结局？”

“进展一直完美，在女主角借尸还魂后停住最好。”

余芒瞠目结舌：“你在说什么啊。”

“女主角的精魂，借一具没有思想，行尸走肉般的女体复活，去继续她的遗志。”

余芒忍不住大叫一声：“小林，换编剧！”

小林过来说：“下星期就要开戏，换导演倒是来得及的。”

“反了！”

“我觉得小薛的收尾十分有绰头。”

“我从来不用绰头。”

“也顺理成章，合情合理。”

余芒把嘴巴闭成一条线。

“况且，潮流这件事，顺之者昌，逆之者亡，做得漂亮，是我们利用了它，无可厚非。”

“谁，谁是行尸走肉？”余芒扭着编剧不放。

小薛莫名其妙：“反正不是你，乱紧张干什么。”

余芒气极坐倒。

小薛说：“导演一日怪似一日。”

副导小张帮着说：“我喜欢这本子，有推理意味。”

余芒忽然抬起头来：“小薛，我带你去看女主角，好叫你晓得我说的结局并不虚假。”

小薛退后一步：“什么，真有其人？”十分意外。

余芒乘机讽刺：“小小羊儿不要怕不要怕。”

小薛挺起胸膛：“去就去。”

小林与小张忍不住："她有得去，我们也要去。"

小薛说："此刻忘了小刘，她会呷醋。"

余芒气结："赶庙会乎。"

"集体创作，集体行动。"

"你们通通忘记女主角是病人，至今在家休养，不方便一队兵似冲上去打扰。"

"但她肯定在康复中，我们是朋友，带着热情去探望，她不会介意。"

余芒叹口气，康复之路长途漫漫。

"约法三章好了。"小林说，"一不抽烟，二不喧哗，三不久留。"

余芒狠狠地说："还有不许开口。"

"好好好，"小薛答允，"通通扮锯嘴葫芦，逗留三分钟即走。"

大家追着问："导演，几时带我们去？"

"等我筹备一下，通知主人家一声。"

不知是去得巧还是去得不巧。

文轩利也在香岛道三号。

他迎出来说：“余小姐，我知道你要来，特地向你道谢。”双手握住余芒的手。

余芒最怕这种场面，即时涨红面孔，唯唯诺诺。

文轩利说：“也向你告辞，我们明天离开本市。”

呵，又要远离思慧了。

文轩利完全明白余芒的意思，他轻轻说：“思慧的母亲会陪着她。”

余芒略觉欢慰，却不知如何向文先生话别。

还是从前的江湖客省时省力，抱一抱拳，说声请呀，青山绿水，后会有期。

文太太打身后送出来，一句话都没有。

文轩利彬彬有礼地朝两位女士欠欠腰，上车离去。

余芒在心中祝福他与谈绮华医生。

文太太说：“请跟我来，思慧在楼上。”

卧房收拾过，大堆杂物已经搬走，窗前只放着一只画架。

思慧躺在床上，手臂仍然悬着管子。

“一个星期后便可拆卸。”

余芒走近，在床边坐下。

“她熟睡的时间比醒着的多。”

思慧头上戴着帽子，余芒说：“头发很快会长回来。”

“她没有抱怨。”

“我们也没有。”余芒笑着补一句。

“张可立下课后天天来看她。”

张君也好算是上帝派下来的天使了。

她俩走到露台喝茶。

“我决定留下来，把那边的事务逐一搬回这里做，思慧既然忘记过去，我也乐得从头开始。”

余芒忍不住说：“好妈妈。”

文太太笑：“令堂才是好妈妈，将来有空，你一定要介绍我们认识，我要跟她学习。”

余芒低下头，她好久没去看望母亲，怕就怕无法达到母亲的要求、母亲的水准，博取母亲的欢心、母亲的喜悦。

日常工作已经累得使她无法招架，再也不想自寻烦恼自讨没趣。

文太太细细打量余芒复杂的表情，微笑问：“一家不知一家的事？”

余芒抬起头笑了。

文太太双目看着远处海景："几时我把我的故事也告诉你，好让你评一评理。"

其实那并不是很久之前的事，近在眼前，有时觉得宛如昨日，但掐指一算，中间二十多年已从指缝溜走。

余芒咳嗽一声："几个朋友想来看看思慧。"

"下个礼拜吧，再过几天，医生说她可以出外呼吸新鲜空气。"

"我们会看情形，思慧一累马上走。"

文太太亲自把余芒送到门口。

小薛第一个问："盘口如何？"

余芒很放心地答："真是不幸中大幸，没有比这个更好的结局，下星期便可以如常人般活动。"

大家坐下来谈公事，但是说不上十句八句，就把话题拉扯到思慧身上，嗟叹感慨不已。

足足过了半个月，余芒才拉大队出发去看文思慧，原想毁约，又不想出尔反尔，威信全失，衡量轻重，余芒这才勉强履约。

她们挤在一辆车内出发，一路上她抱怨她体重增加不思减餐，她又责怪她不肯缩腿将就他人，骂来骂去，笑完又笑，不亦乐乎。

一车女子，谁都没有名闻天下富可敌国，但快活直赛神仙，可见幸福与财势无关。

也懂得守诺言，一到香岛道三号，马上肃静。

文太太迎出来，讶异说：“好整齐的队伍。”没想到思慧有那么多好朋友。

她们鱼贯上楼去看思慧。

小薛走在前头，先看见一个紫衣女郎坐在画架前面，头上戴着小小针织帽子，遮住刚长出来的短发。

余芒过去蹲下：“思慧，今天好吗？气色不错。”

那女郎笑靥天真一如孩童。

她显然同余芒熟稔，马上握住余芒的手：“妈妈说我不认得人，可是我认识你。”

小薛身为文人，何等敏感精灵，别人还没看出苗头来，她先察觉了，这女孩不妥，这女孩有异常人，这女孩的智力不全。

小薛是完美主义者，最恨人间不能弥补的缺憾，当场忧郁起来。

只听得余芒温柔地说："慢慢就会记起来。"

女郎笑嘻嘻，无奈地摇摇头。

余芒轻轻说："记不起来也就算数，许多事情，太过痛苦，情愿选择忘记。"

余芒转过头来："各位，她便是文思慧。"

众人面面相觑，不发一言，通通情绪低落。

"这么多人，"思慧高兴起来，"最好玩游戏。"

余芒笑问："你想玩什么？"

思慧转身找出一副纸牌："二十一点。"

众人挨挨挤挤，没有心情，表情苦得不得了。

文太太在一旁解围："玩一会儿吧，张可立就快来，他会带思慧出去兜风。"

余芒于是喝令手下："都给我坐下，思慧，请发牌。"

她走到角落与文太太说几句。

"思慧完全不记得仲开与世保。"

余芒冲口而出："忘得好。"随即尴尬地看着文太太，搔搔头皮。

文太太忍不住笑："你说得对，是没有必要记住不愉快的事情。"不禁感喟："我该向她学习。"

思慧却马上认出张可立。

她凝一会儿神，伸出手来，轻轻抚摸辨认张可立面孔，低声说："张可立。"

接着她侧着头想一想，问母亲："迷迭香呢，迷迭香在哪里？"

是许仲开第一个会意："思慧找余芒，余芒也叫露斯马利。"

余芒泪盈于睫，过去伏在思慧肩上，呜咽说："我在这里。"

思慧只是笑。

思慧清醒的时候，在生活中并没有与余芒见过面，在睡眠中，她的思维却与余芒交流。

她无法记起旧友，却把陌生人一眼认出。

思慧忽然对余芒说："我知道你最怕什么。"

大家屏息聆听。

思慧娓娓道来：“你最怕走进现场，摄影机准备开动，工作人员全部各就各位，忽然之间，他们转过头来，对你发出嘘声。”

此言一出，最最讶异的是方侨生，那么多人当中，只有她最熟悉余芒的噩梦。

文思慧没有可能知道，除非，方侨生打个突，除非余芒说的都是真的。

文太太打断余芒的思维：“余芒，你的朋友叫你。”

余芒抬起头来，众女正在朝她没命地使眼色，过去一看，只见思慧一人赢四五家，通吃，大伙输得光光。

思慧问余芒：“她们可是不高兴？”

“没有，只不过时间到了，有事，想先走一步。”

思慧并不勉强，孩童般丢下游戏，走近窗口一看：“呵，张可立来了。”

众人如蒙大赦，松一口气，顺利离开赌桌，由余芒率领着离去。

余芒在门口碰到张可立，由衷向他问好：“可立兄，加油。”

“余芒，谢谢你，对，新戏几时开？”

“乐观点是下月中。”

“你觉得思慧怎么样？”

“方医生说天天有进步，但仲开与世保说她不再是从前那个思慧。”

张可立笑笑：“我反正不认识从前的思慧。”

余芒笑：“这话应当由我来说。”

既然思慧愿意忘记，大家也可以效尤。

“明天我陪思慧见方医生。”

“那我们在侨生那里见面。”

上车，看见整组人苦瓜般脸，便问：“这是干吗，这是活该不是，谁强逼你们来？”

小薛先问：“她会不会痊愈？”

余芒反问：“由植物人到现在，你说痊愈没有？”

小林抢着说：“可是她的智力有缺憾。”

“难为你们输得一败涂地，还瞧不起人。”

大家不再言语。

车子直向市区驶去。

过一会儿小刘说："我不介意像文思慧。"

众人立刻议论纷纷："真的，尽记得有趣的事，可爱的人，没有痛苦。"

"又不必苦干，往上爬，遭遇失败，不知多好。"

余芒双眼看着窗外。

"基本上永远像个十二岁的小女孩，灵感一到，又会偶然效仿大人言行，甚富魅力。"

余芒轻轻问："既然如此，方才骤见思慧，你们为何震惊？"

小林轻轻说："因为我们恋恋风尘，不能自已。"

余芒答："文思慧的世界从来与我一样。"

靠双手闯天下的职业妇女生活中遭遇无数奇人怪事，神仙老虎狗，什么都有，天天向人，人亦向她们展示喜怒哀乐，世界好比游乐场，人群熙来攘往，闹哄哄你方唱罢我登场，会有自我，也迟早迷失自我，终归如鱼得水地生活下去。

文思慧的天地自开始就只有她一个人，仲开与世保也并未能真正介入，到非常后期，才容纳了张可立。

挤在车厢中，只听得小薛忽然骂："人笨，手脚也笨。"

小林不服："你这算讲话？"

"我骂自己，人家笨才不关我事，感激还来不及，没有笨人，哪里就衬托得聪明人冰雪可爱。"

小刘瞪眼："黑墨墨的良心。"

小薛马上对曰："白花花的银子。"

余芒闭上眼微笑，她比较喜欢她的世界。

第二天余芒上方侨生医务所。

助手眉开眼笑地迎上来，无缘无故高兴得不得了，暗示余芒看她手中捧着的一瓶剪花。

余芒把鼻子埋进花堆嗅一下。

"许仲开君送给方医生的。"

余芒莞尔，万事不出山人所料。

办公室门推开，出来的可不就是许君。

余芒笑道："哟，有人比我还早。"

仲开坦然相告："我在约会侨生。"

余芒并不喜在口舌上占人便宜，却忍不住问："是因为侨生有什么地方似思慧吗？"

仲开凝视余芒："不。"他不以为忤："正因为侨生一点都不像思慧。"他想从头开始。

余芒一怔，听明白了，反而放下了心，笑道："我还以为你爱的是我，不惜与世保开仗。"

仲开由衷地说："我永远爱你，余芒。"

"是，"余芒悻悻然，"我是每一个人的好兄弟。"

仲开忍不住把余芒拥在怀中。

余芒提醒他："人家会误会。"

身后传来一个温柔的声音："我了解就行了。"那是方侨生医生。

谁知道，整件事的发生，也许就是为着成全方侨生与许仲开。

这样而来，侨生得到最多。

而余芒进账也不坏呀，她笑起来，好的故事哪里去找。

余芒转过头去，只见方医生斜斜靠在门框边，看着许仲开。

不知怎的，对感情一有牢靠的感觉，人便会放松，身体语言懒洋洋，余芒拍两情相悦的场面，也喜安排男女主角遥遥相望，尽在不言中，空气中有一股暖流，旁人若留意一下，自然觉察，如果不觉得，那是导演功力不足。

仲开沉默半晌，讪讪告辞离开医务所。

余芒笑说："老老实实，什么时候开始的盟约？"

她俩关上门，谈起心来。

两人对调位置，余芒坐在写字台前对着记事本与录音机，方侨生则躺在长沙发上，双臂枕着头。

她说："自那日在医院开始。"

余芒试探地问："你不再牵挂赫尔辛基事件？"

方侨生转过头来："你怕我伤害许仲开？"

心理医生果然是心理医生。

余芒没有点头也没有摇头，感情这回事上，如果怕被伤害，那就全然没有乐趣，假使过分计较得失，干脆独身终老。

过一会儿余芒说："许仲开十分认真。"

"我知道，"侨生笑，"而于世保十分轻佻。"

余芒笑："果然好眼力。"

侨生感慨地说："其实开头的时候，我们都是认真的吧。"

“侨生，我同你，至今还是很尊重感情，不轻率抛掷，亦不无故收回。”

“只有你能将感情升华。”

余芒笑：“才怪，我的热情，好比一把火，燃烧了整个沙漠，结果全盘奉献给电影。”

方侨生也笑：“真的那么过瘾？”

“当然，多英俊的小生都有，天天陪着我，不知多听话，叫他坐他不好意思站，表情不对立刻挨批挨斗，迟到失场马上换人，现实生活中哪有这般如意，我干吗要退而求其次。”

侨生颔首：“难怪此刻都流行逢场作戏。”

“痛快，不用顾及对方弱小的心灵。”

侨生自长沙发上起来：“你打算玩到几时？”

“直至在摄影机旁倒下，”余芒神采飞扬地说，“或是观众唾弃我，看哪一样先来。”

侨生看着余芒赞道：“你气色好极了。”

“说不定就是回光返照。”

“你还做那些似曾相识梦不做？”

“不，我最新的梦是许许多多豺狼虎豹一个劲儿地在身后追，我发觉自己衣冠不整，满嘴牙齿与整头头发纷纷落下，接着堕下深渊，手中有一份试卷，题目用德文写成，一个字看不懂。”

侨生同情地看着余芒。

“我是不是有烦恼？”

“生活中充满惊喜，也许拐一个弯就阳光普照。”

“真的，”余芒笑问，“许仲开君是你生命中的阳光？”

侨生也笑：“你当心我帮你注射镇静剂。”

“思慧怎么样？”

“大脑左半球控制右边身体动作，思慧受损的部位在左脑，她的右手已失却辨认物体的能力，握着皮球都不知道是什么。”

在这之前，余芒做梦都不晓得人体竟有一亿个地方可以出错。

“感触良多嗳？”

“真的，要吃什么赶快吃，想穿什么也速速穿，明天我就叫美术指导替我缝一套肉色薄纱仅在要紧地带钉长管珠的舞衣。”

侨生白她一眼。

“文思慧需要无限耐心，她非常幸运，她有张可立。”

助手推门，进来的是这一对年轻男女。

思慧一见余芒便笑道：“你梦见老虎追是不是，多可怕，怪不得汗流浃背。”

余芒啼笑皆非，此刻变成思慧感应到她的思维，她在思慧面前，再无秘密可言。

余芒与张可立在一旁坐下。

那一头方侨生为文思慧做测验。

余芒笑问张君：“快乐吗？”

张可立点点头：“不知道旁人怎么想。”

余芒答：“我是个干文艺工作的人，心态自私奇突，但求自我满足，不理他人意见，终究一个人最难过的，不过是他自己那一关。”

张可立感激地颔首。

一边方医生出示图片给思慧辨认，叫她读出字样。

思慧看着其中一张图片困难地拼音：“自……行……

车，那是什么？”她转过头来。

余芒温柔地回答：“一种在大城市毫无用途的交通工具。”

余芒暗暗在心中叹息。

张可立掉转头来安慰她：“别为这个担忧，我同你也不知什么叫作白矮星，天文物理学家可不为我们叹息。”

余芒握紧张可立的手一会儿。

她过去吻思慧额角，思慧开心地抬起头来。

余芒告辞。

她们一班人在大酒店咖啡厅聚会。

摆满一台子食物饮品，兴高采烈。

小林见导演莅临，替她叫爱尔兰咖啡加三匙糖。

余芒骇笑：“这回子甜腻腻谁喝那个。”

呵，小林想，什么时候恢复正常了？可不就是老好余芒，说她潇洒也好，邋遢也行，头发束在脑后，面孔只抹一层油，大毛衣，粗布裤，坦克车般皮鞋，肩上那只大袋足可装下一对孪生儿。

这才是不爱红妆爱武装的余芒。

她扬扬手：“黑咖啡。”

小薛把本子呈上："再要改，您自己改。"

"你用哪个结局？"

"我坚持己见，众姐妹都支持我。"

"我看过再说。"余芒不甘示弱。

正打开本子，要看最后一章，有人叫她。

余芒抬起头："世真，一个人？过来，同我们一起坐，我给你介绍，这班人个个是我克星，有福同享，有难我当，从左到右：小薛小林小刘小张……"

世真笑说："我叫小于。"

余芒的心一动。

世真羡慕地说："你们真开心，我若能成为你们一分子就好，就算做场记我也甘心。"

余芒收敛笑容："世真，场记是一部电影幕后非常重要的一个岗位，岂容小观，你若真有心，明天向副导演小张报到学习。"

小张连忙站起来笑说："不敢当不敢当。"

世真感激地问："真的，余芒，真的？"

余芒板着脸说："谁同你开玩笑，军令如山，随传随到。"

“小于，你别理她，这边来。”

余芒细细读起剧本，真没想到一支新笔成绩会这样好，余芒的眼光固然不错，但是她的第六感更胜一筹，只怕有人来高价挖角。

合上本子，余芒发觉小薛已经离座，她在一角借用电话。

余芒走过去，刚来得及听到小薛最后几句对白：“蔡先生，那我明早到你公司来，剧本费不能减，从前收多少？从前是从前的事，可不是，此一时也，彼一时也，哈哈哈哈。”

余芒默然。

她假装没听见，拐一个圈回座坐下。

自由社会，自由市场，自由竞争，余芒可以换掉章女士，小薛当然也可以另事明主，公平之至。

小薛若无其事地回来，愉快地问余芒：“看完最后一章没有？”

“很好，谢谢你，我决定用你的结局。”

小薛忽然很中肯地加一句：“导演，是你的故事精彩。”

余芒很大方地说：“你写得好。”

只要有一点点好处，已经要你争我夺。

小薛先走一步，小林在导演身边悄悄说：“她有异心。”

“我知道。”

“不是不可以杀一杀这种人的威风的。”

余芒郑重地说：“我从来不做这样的事。”

当年学成归来，在一部戏里担任副导，千儿八百人工，什么苦都承担下来，戏杀了青，剪接完毕，兴奋地看试片，字幕上并没有余芒两个字。

余芒黑暗中在试片间熬足九十分钟，泪水汩汩往肚里流。

该刹那她发誓，有朝一日得志掌权，即使机关枪搁她脖子上，她也不做这等损人不利己的事。

若以后长江的后浪推倒身为前浪的她，她马上痛哭一场摘下招牌归隐田园，她才不屑昧着良心鬼头鬼脑阻止后辈发达，人家真有天分要冒出来，按都按不住，枉做小人。

当下她对小林说：“把薛阮的名字放大一些，那样，下次见了面好说话。”

小林有点惭愧，低头不语。

余芒笑道：“姿势要好看，不然，赢了也是输了，输了更加贱多三成。”

小林但愿好人有好报。

她又问：“于小姐真的可以成为我们一分子？”

“给她一次机会。”余芒笑笑。

小林说：“若有什么不服从的事，先斩后奏。”

余芒答允她：“并无异议。”

新戏终于开拍。

剧本上三个大字：“迷迭香”。

于世真一脸困惑，小林过去问她：“有烦恼吗？”

世真指着迭字问：“这字怎么念？”

“迭，意谓一次又一次，重复又重复，例子：高潮迭起。”

“呵，我明白。”世真抬起头，觉得中文高深莫测。

小林忍不住告诉她：“这也是女主角的名字。”

世真恍然大悟：“原来如此。”

小林拍拍她肩膀走开。

世真一抬头，看到哥哥世保来了，连忙迎上去。

“导演呢？”世保问。

“在那边。”世真用手指一指。

世保看过去。

他不明白为什么第一个镜头选在深夜拍摄。

西区，五层楼的旧房子，男女主角第一次邂逅，她站露台上，他在马路边，水龙喉拉得一地都是，看样子预备做一场人造雨。

余芒脚踏水靴，正与副导演大声磋商，指手画脚，这家伙，世保想，一会儿还呼风唤雨呢。

他看到余芒专注的脸上似要透出晶光，举手投足魅力无限。忽而她笑了，弯腰蹲下，旁若无人，露出雪白编贝[1]，头发一角松下来，马上有化妆人员过来替她夹好，一边服装取来鲜黄塑胶雨衣，服侍导演穿上。余芒俨然总司令，全场工作人员都是她的兵。

世真在身边轻轻说："导演多神气。"

余芒早已走进她创作的故事里，指挥安排剧中人命运，令他们活过来。

"要不要我去叫她一声？"

---

[1] 编贝：编排起来的贝壳。常用于比喻洁白整齐的牙齿。

“不。”世保说，“不要打扰她。”

女主角穿着二十世纪四十年代式样的轻罗衣走过来，体态妖娆，双臂抱在胸前，与导演不知说些什么。

这时啪的一声，十数万火强光水银灯开亮，把那小旦俏丽的面孔照得纤毫毕露，她一边讲一边笑，双肩颤动，一副滴水形耳环似打秋千般荡漾，与同性说话，也自然而然媚态毕露。

于世保看得呆住。

到底是戏中人走到他们世界来，还是他们已经步入戏中，他再也分不清楚。

他相信余芒也不要去弄明白，她穿梭于现实与迷离之间，假作真时，真亦变假。

于世保痴痴地靠着一条灯柱，看着摄影组把机器吆喝着抬上轨道拉动。

道具打起伞遮住导演，余芒仰起头，看到宝蓝丝绒般深邃的天空里去，忽然娇喝一声：“下雨！”

霎时间雨珠密密落下。

完全同真雨一样，女主角躲在伞下，还是被溅湿了，她嬉笑着躲到街道另一边来，无巧不成书，差些没撞到于世保身上。

她抬起头，看到一张剑眉星目的俊脸，已经有了好感，脱口问："你是新人？"一边低头察看缎鞋可有弄脏。

世保擅于交际，说："我不是来拍戏的。"

女主角笑："那你来干什么？"

"我来看拍戏。"

女主角留了神："你是导演的朋友？"

世保连忙澄清："我是她的兄弟。"

女主角看着他，眼睛眯成一条线，她为了这个角色按资料钻研过表情，对着镜子练习久了，竟转不过来，应用到生活上。

过一会儿才说："快正式拍了，我去补妆。"走两步，又转过头来："别走开。"嫣然一笑。

世保呆呆站着，忽尔闻得身后有人哧的一声笑。

他转过头来，不知什么时候，导演已经站在他旁边。

只见余芒一绺湿发搭在额前，笑嘻嘻，她说："我这才知道什么叫作魂不附体。"

世保这才赞道："真美。"

"不用介绍，你也已经认识她了。"

"不，不只是女主角，是整套戏的意境，是整组幕后人员的精力积聚，表现了最高度的工作美。"

余芒没想到世保是她的知音。

"现在你知道了，除了电影，我没法爱别人。"

"我不怪你，谁都会迷上电影，的的确确是奇妙的心路历程。"

"我要过去了，他们都在等我。"

余芒才是真正的女主角。

她奔到水银灯下，还转过身来，朝于世保招手。

余芒与她的工作人员，通通站在灯火阑珊处。

图书在版编目（CIP）数据

迷迭香 /（加）亦舒著 .—长沙：湖南文艺出版社，2018.2
ISBN 978-7-5404-8512-2

Ⅰ.①迷…　Ⅱ.①亦…　Ⅲ.①长篇小说—加拿大—现代　Ⅳ.① I711.45

中国版本图书馆 CIP 数据核字（2018）第 006173 号

上架建议：畅销 · 小说

MIDIEXIANG
迷迭香

作　　者：[加] 亦舒
出 版 人：曾赛丰
责任编辑：薛　健　刘诗哲
监　　制：毛闽峰　赵　萌　李　娜
特约监制：刘　霁　郑中莉
策划编辑：李　颖　张丛丛　杨　祎　雷清清
文案编辑：邱培娟
营销编辑：贾竹婷　雷清清　刘　珣
封面设计：张丽娜
版式设计：李　洁
出版发行：湖南文艺出版社
（长沙市雨花区东二环一段 508 号　邮编：410014）
网　　址：www.hnwy.net
印　　刷：北京天宇万达印刷有限公司
经　　销：新华书店
开　　本：775mm × 1120mm　1/32
字　　数：115 千字
印　　张：8
版　　次：2018 年 2 月第 1 版
印　　次：2018 年 2 月第 1 次印刷
书　　号：ISBN 978-7-5404-8512-2
定　　价：42.00 元

若有质量问题，请致电质量监督电话：010-59096394
团购电话：010-59320018